Choucroute maudite

RITA FALK

Choucroute maudite

Traduit de l'allemand
par Brigitte Lethrosne et Nicole Patilloux

J'AI LU

TITRE ORIGINAL
Winterkartoffelknödel

ÉDITEUR ORIGINAL

1

Bon, aujourd'hui je vais chez Simmerl (le mardi, c'est le jour où on tue le cochon, donc : boudin noir et saucisse de foie). Et là, je tombe encore sur ce bonnet de fourrure, devant la porte. Juste devant la porte d'entrée de la boucherie-charcuterie, il y a ce bonnet. Je ne sais pas si je vous en ai déjà parlé. Non, sans doute pas. Donc, on était mercredi (ou jeudi, peu importe). En tout cas, je faisais ma promenade avec Louis II, comme d'habitude. Il nous a fallu 1-25 pour un tour de 1-17, mais ça n'a aucune importance ici. En fait, Louis II trottait tranquillement devant moi comme d'habitude et, d'un seul coup, il a senti un truc. Il m'a devancé, a ramassé quelque chose au sol et l'a gentiment déposé aux pieds de son maître. C'était le bonnet de fourrure dont je vous parlais. Un bonnet plutôt kitsch, avec des rubans roses et des strass, à mes pieds. Louis II remuait la queue, tout heureux. D'un coup, une femme haletante a surgi de la neige et j'ai cru bien sûr que le bonnet lui appartenait et qu'elle était rudement contente qu'on l'ait trouvé. Mais ça ne s'est pas tout à fait passé comme ça. Parce que, et d'une, elle n'était pas contente, et de deux, ce n'était pas un bonnet : en regardant de plus près, j'ai supposé que c'était un chien, ou plutôt un petit chien, avec un collier rose à paillettes. Quoi qu'il en soit, quand la femme a repris son souffle, elle m'a engueulé et demandé pourquoi je ne maîtrisais pas mieux mon énorme monstre. Elle devait parler de Louis II. Ensuite, elle m'a hurlé dessus en demandant si j'avais une idée de ce qu'un (la race du chien n'a ici aucune importance) machin pareil pouvait bien coûter et si je savais combien ils étaient fragiles.

Aucune idée.

Le bonnet était toujours par terre et ne bronchait pas. Si je ne connaissais pas si bien Louis II, j'aurais pu douter que le bonnet ait survécu. Alors la femme a pris dans ses bras la bestiole inerte, a nettoyé les feuilles mortes collées à ses pattes et a tourné les talons, très en colère. Je me suis d'ailleurs demandé comment une créature aussi délicate pouvait claquer des talons de la sorte... Mais bon.

Comme je l'ai précisé, cet incident nous avait mis en retard de huit minutes sur notre meilleur temps et c'était vraiment fâcheux.

En fait, je n'avais jamais vu cette femme auparavant. D'abord, j'ai pensé que c'était une de ces touristes d'un jour qui veulent sortir de la ville, montrer la campagne à leur clebs et lui apprendre qu'on peut pisser sur autre chose que des réverbères. Mais il y a de grandes chances pour que son séjour dure plus longtemps que ça, étant donné que le bonnet est aujourd'hui encore devant la porte de la boucherie-charcuterie.

Et aujourd'hui, c'est mardi. En tout cas, je vais chez Simmerl qui lance « Salut Franz ! » et essuie ses mains pleines de sang sur son tablier. C'est là que je revois la femme à qui appartient le bonnet et elle fait comme si elle ne me voyait pas.

« Est-ce que la viande est bien fraîche ? » demande-t-elle à Simmerl. Il lui tend un jarret de porc par-dessus le comptoir : « Regardez, m'dame, si vous voulez, vous pouvez encore sentir son pouls. » La femme fait non de la tête et prend deux saucisses de Strasbourg. Elle paie et sort, avant de revenir dans le magasin pour m'annoncer que je dois enlever mon énorme monstre de sa fourrure. Je regarde par la fenêtre et je vois mon Louis II allongé par terre avec le bonnet de fourrure lové contre lui. Je dis « Louis II, lève-toi ! » et Louis II se lève.

La femme prend la petite bête sous le bras et s'en va. Je demande alors à Simmerl s'il sait qui c'est et il répond : « Bien sûr ! Tout le monde le sait. Je me demande parfois vraiment, Franz, comment tu peux être le flic du village si tu es toujours le dernier au courant. Boudin noir et saucisse de foie, comme d'habitude ? »

Je ne peux m'empêcher de ricaner : « Est-ce que les saucisses sont fraîches ?

— Y a pas plus frais. La truie est morte ce matin d'une septicémie contractée suite à une cirrhose.

— Ce matin tu dis ? En effet, y a pas plus frais. Donne-m'en trois de chaque, comme d'habitude, et maintenant raconte-moi ce que tu sais sur cette femme. »

Simmerl coupe les saucisses et les emballe.

« Oui, cette fille, dit-il. Elle a hérité du vieux domaine Sonnleitner, d'après ce que j'ai entendu. D'une tante ou d'une grand-tante, je ne sais pas trop. La tante était dans un établissement de soins depuis quelques années. Je ne me souviens plus trop de la vieille. Et toi ? »

Je fais non de la tête. C'est vrai, je ne me souviens pas avoir vu un jour quelqu'un habiter à Sonnleitner. D'ailleurs, ce n'est pas un endroit où habiter. Gamins, on en a chié dans nos frocs, rien que de regarder par-dessus le mur. Ce vieux mur d'enceinte, en pleine forêt. Pas l'ombre d'un voisin à l'horizon. Angoissant. Et maintenant, une femme aussi délicate habite dans ce trou à rats lugubre avec son minuscule toutou ? (Je suppose toujours que c'est un chien même si elle ne l'a pas dit.) Je ne sais pas. Je me serais imaginé quelque chose de mieux. Bon, Simmerl offre encore un boudin blanc à Louis II et puis on rentre à la maison.

La Mémé nous prépare le boudin noir et les saucisses de foie avec de la choucroute et des pommes de terre écrasées. Papa bouffe comme un ogre. Après, il a besoin d'un petit schnaps pour digérer et retourne s'enfiler ses Beatles. Assez fort. Et je suis content que la Mémé soit déjà sourde et qu'elle n'ait plus à entendre tous les soirs la même merde. Je fais mon tour avec Louis II (1-20, je crois que les saucisses ont du mal à passer) et ensuite je vais boire une ou deux bières chez Wolfi, c'est épatant.

En rentrant à la maison, je trébuche sur un sac de ciment. Quelle merde ! J'ai le genou en vrac maintenant. Si je ne me dépêche pas, la porcherie va rester une porcherie et je devrai réemménager à la maison. Mais ça, je ne le veux à aucun prix ! Rien que pour les Beatles, déjà. Donc il faut que je me bouge et que j'avance ces fichus travaux. Parce qu'une fois terminé, ce sera un logement tout ce qu'il y a de confortable. Des murs extérieurs de cinquante centimètres d'épaisseur, des fenêtres arrondies, des plafonds voûtés. Un endroit genre loft, avec des poutres plus que centenaires et du carrelage en pierre calcaire à peu près aussi vieux. N'importe quel architecte entrerait en transe en voyant ça. Mais avant de profiter de ce luxe, il y a du pain sur la planche, c'est ainsi que le bon Dieu a vu les choses. Et les frais pour les matériaux et aller chez Obi*[1].

Louis II se couche sur le sac de ciment et ne tarde pas à ronfler. Je mets le radiateur infrarouges, m'allonge sur le canapé et m'endors. Je me réveille en sueur, comme toujours. Parce que sur le canapé il doit faire cinquante degrés et dans le reste de la porcherie autour de zéro, comme toujours. Les résistances du radiateur

1. *Obi* : un glossaire expliquant les mots suivis d'un astérisque figure en fin d'ouvrage.

sont bleues et non plus jaunes ou orange, et quand je débranche l'engin, ça fait des étincelles partout. Il faut vraiment que je continue ces travaux, sinon ça n'a plus aucun sens. Si tout est calme au boulot, ce qui est le cas d'après mes prévisions et mon expérience, alors je me mettrai au travail.

Le lendemain après-midi, j'emmène la Mémé chez Aldi parce qu' ils font une promotion sur le sucre. La Mémé en achète vingt kilos plus un jean, parce qu'il est aussi en promotion.

« Ton père en a besoin d'un, c'est urgent parce que j'en ai assez de rapiécer toutes les semaines les guenilles qu'il porte », explique-t-elle. Elle ne s'entend pas parler et donne donc de la voix, si bien que les autres clients nous regardent tous. Nous nous dirigeons vers la caisse et là la Mémé demande à la dame : « Il est de bonne qualité, ce jean ? » « Impeccable ! » répond la femme. Elle en a même acheté deux, mais la Mémé n'entend pas ce qu'elle dit. Je lève donc le pouce et la Mémé pige.

Sur le chemin du retour, je m'arrête encore chez Obi à cause des vis, des chevilles et des plaques d'isolation. La Mémé ne veut pas venir parce que ses cors aux pieds lui font mal, alors elle reste dans la voiture.

Malheureusement, je ne trouve pas un de ces vendeurs vifs, futés et follement habiles, à la voix mélodieuse. Quoique, ce n'est pas tout à fait exact : vifs, ils le sont, car quand j'en attrape un, hop, il est déjà parti. Probablement au cours de chant. Bon, en tout cas je finis par trouver tous mes trucs et retourne à la voiture. Évidemment, j'ai laissé les clés sur le contact puisque la Mémé restait dedans. Et il s'avère que c'est une idée à la con : la Mémé s'est endormie et impossible d'ouvrir les portières. Elle a dû activer la fermeture centralisée pour ne pas qu'on la vole. Quand on connaît la Mémé, on sait qu'il n'y a rien à faire. Ni taper aux vitres, ni crier. Attendre est la seule solution. Alors je tourne autour de la voiture avec le chariot à cause du froid. Je ne veux pas trop m'éloigner (j'aurais pu aller boire un café au bistrot de chez. Obi, mais non, parce que la Mémé aurait très bien pu se réveiller un court instant durant mon absence). Donc, pendant deux heures et demie, je fais le tour de la voiture avec mon chariot. Le gars de la sécurité vient me voir et demande si j'ai besoin d'aide. Je lui montre ma carte de police et déclare que je travaille sous couverture. Il me dit que je ne suis pas très discret. Et je lui conseille de disparaître parce qu'il est le seul à se faire remarquer.

Bon, la Mémé finit quand même par se réveiller. Elle ouvre la portière. Dehors, il fait déjà noir comme dans un four et en me voyant elle hurle : « Bon sang de bonsoir ! Qu'est-ce que tu as fabriqué là-dedans si longtemps ? »

Doux Jésus !

Après ça, le Papa dit que le jean est nul et qu'elle ferait mieux de le rapporter et de racheter à la place vingt autres kilos de sucre.

Plus tard, j'appelle Flötzinger, il décroche en annonçant : « Entreprise Flötzinger, gaz, plomberie, chauffage.

— Salut Flötzinger ! dis-je. Tu peux commencer les travaux de chauffage chez moi la semaine prochaine. D'ici là, j'aurai pas mal avancé.

— Va te faire foutre, répond-il, ça fait quatorze semaines que je l'attends, ton putain de chantier. Et maintenant j'ai autre chose à faire. Je viens d'avoir un gros, gros chantier et ça peut durer ».

Après on se retrouve chez Wolfi et là, il me raconte qu'il est en train de refaire les circuits de gaz, d'eau et de chauffage au domaine Sonnleitner.

« La cliente est un vrai petit chou à la crème, me dit-il, tout enthousiaste. C'est une certaine Dechampes. Dechampes-Sonnleitner, pour autant que je sache… Ça te dit quelque chose ?

— Dechampes ? Non, jamais entendu ce nom.

— Je crois que sa mère a épousé un Français ou un truc comme ça.

— Aha !

— Oui, et c'est elle qui m'a confié les travaux. Des travaux urgents. Ça tombe impec parce que ma femme et les enfants vont chez mes beaux-parents en Angleterre pour les vacances de Noël. Alors, dès que la Mary sera partie avec Ignace-Fyn et Clara Jane, on pourra commencer à poser les tuyaux au domaine Sonnleitner. »

Bon, je rentre plutôt tard à la maison et m'endors tout de suite sur le canapé, même si le Papa écoute à nouveau les Beatles (« Michelle »). À trois heures quinze, je me réveille et le Papa écoute toujours les Beatles. Je traverse alors la cour avec mon arme de service et tire quelques balles dans le tourne-disque. C'en est fini de « Michelle » et mille éclats noirs volent dans la pièce. Paul, George, Ringo et John se sont tus. Je souffle la poussière de mon pistolet et me remets sur le canapé. Juste avant que je m'endorme, « Let it Be » : apparemment le radiocassette fonctionne encore.

Mark David Chapman a abattu John Lennon. Paix à son âme ! Je suis sûr que son père était fan des Beatles.

C'est Noël, le soir de Noël, comme d'habitude : salade de pommes de terre et petites saucisses, le disque de Noël des petits chanteurs de la cathédrale de Ratisbonne, la messe de minuit avec la Mémé. On s'endort tous les deux et c'est le curé qui nous réveille avant de fermer l'église. Il le fait depuis trois ans maintenant, vu qu'une fois il nous a oubliés dans l'église : quand on s'est réveillés, on a dû ameuter la moitié du village en tambourinant à la porte.

Le 25, le Léopold rapplique avec sa Roxana roumaine et la Mémé nous fait rôtir une oie. Le Papa est content et le Léopold fait aussi comme s'il était content, ce vieux lèche-cul. Roxana ne dit pas un mot en mangeant, ou du moins pas à nous, à Léopold elle dit une fois : « Lai… opold, tu peux me passer le sail ? » Et le Lai… opold lui passe le sail. Sinon, elle reste muette. Assise en face de moi, elle me regarde parfois de ses yeux de biche, en replaçant une mèche permanentée derrière son oreille. Un moment, je sens son pied à travers son collant sur mes parties intimes, tant et si bien que les yeux m'en sortent de la tête. Je dois tousser, j'ai du mal à avaler ma quenelle qui se coince dans ma gorge. Quand je me lève, un fil mauve de son collant est coincé dans ma fermeture éclair et son bas est filé. Et bien que la Mémé hurle : « Regarde mon garçon, tu as un fil mauve à ta braguette ! » et plus tard : « Regarde Roxana, tu as une maille filée à ton collant ! », personne ne remarque rien. Après le repas, la Mémé range la cuisine et je demande au Léopold si sa Roxana ne peut pas aider un peu. Le Léopold répond : « Elle a pas à le faire si elle aime pas ça. »

Et de toute évidence, elle aime pas ça. À la place, elle feuillette un magazine féminin avec des femmes incroyablement maigres aux coiffures incroyablement laides. J'aide donc la Mémé à la cuisine et pendant ce temps le Papa et le Léopold parlent de la librairie.

Après on prend le café avec le *Stollen** de la Mémé. Les raisins du *Stollen* ont nagé dans du schnaps de sorbier pendant des mois. Le Léopold a un cadeau pour la Mémé et le Papa mais pas pour moi, comme tous les ans. La Mémé reçoit un nouveau tablier avec des chiffons de cuisine pour les casseroles, comme tous les ans. Et le Papa un livre de photos des Beatles, une nouveauté, avec environ un million de photos inédites sur papier glacé. Le Papa étreint le Léopold, les larmes aux yeux, et le Léopold me présente dans son dos son majeur levé. Puis il propose : « Fais-nous écouter un peu de Beatles pour le café, Papa. Hein, qu'en dis-tu ? »

Aussitôt j'ai envie de gerber. Au lieu de ça, en prenant le café et le *Stollen* et en écoutant les Beatles, je dois m'envoyer le spectacle de Léopold sur le canapé, le bras autour de Roxana et la main sur sa poitrine. Et l'entendre dégoiser sur sa putain de librairie, les auteurs vachement importants qui fréquentent son magasin et les best-sellers qui font marcher son tiroir-caisse.

« Dis-moi, Franz, quand as-tu lu un bon livre pour la dernière fois ? me lance-t-il soudain. Sans compter *Boule et Bill*, hein.

— *Astérix et Obélix* ? » je réponds.

Il hoche la tête.

Nom de Dieu !

« Passons à autre chose ! dit le Papa.

— Oui, de toute façon chacun fait ce qu'il peut, pas vrai ? » approuve le Léopold. Et il ajoute que sa Roxana n'a plus besoin de rien faire. Parce qu'elle en a déjà assez fait. Quelque chose comme, en Roumanie elle a souffert, maintenant elle vit bien, grâce à ses nichons. Papa est tout fier de lui et la Mémé, Dieu merci, ne peut rien entendre de tout ça.

Au bout d'un moment, le Léopold me demande ce que j'ai en train en ce moment au boulot. « Est-ce qu'au moins il y a quelque chose à faire dans ce trou ? Parce qu'il ne doit pas y avoir autant de crimes que ça, non ? »

Ce disant, il ricane bêtement et pétrit les seins de Miss Roumanie.

Bon, il me hait depuis que je suis au monde. Parce que je suis responsable de la mort de Maman, d'après lui. Parce qu'elle est morte juste après ma naissance. Quelque part, nos groupes sanguins et nos facteurs Rhésus n'ont pas collé ou je ne sais quoi. En tout cas, elle est morte et c'est ma faute. Je faisais encore dans mes couches qu'il me disait déjà que j'étais un raté. Il disait que toute ma vie n'était qu'une suite d'erreurs dont la première était ma naissance. Parce que je n'avais même pas été capable de venir au monde comme tout humain qui se respecte. De toute façon, le Léopold est un connard. Mais ça, je ne l'ai compris que plus tard. Et c'est triste de devoir dire ça de son frère. Mais c'est comme ça. C'est un misérable chieur tendance faux jeton. C'est pour ça que sa première femme l'a quitté. Et maintenant, il a à ses basques la petite pute roumaine qui en voulait déjà à ma braguette le soir de son mariage. Et j'aimerais vraiment bien savoir s'il est allé la chercher au bordel ou dans le journal. À ce qu'il raconte, bien sûr, il l'a rencontrée à la librairie. Quel genre de livre elle a bien pu acheter ? Sûrement quelque chose dans le genre *Comment choper un libraire qui a beaucoup d'argent et peu de cervelle ?* ou *Quitter le bordel pour un nid douillet* ou encore *Mille et une Idées pour des faux ongles*. En tout cas, le Laiopold aime Roxy la Roumaine et elle se fout bien de sa gueule. Ce qui lui fait au moins une qualité.

Et puis quand la Mémé va se coucher, on écoute à la radio bavaroise « Douce Nuit » de Ludwig Thoma. Pas Roxana, elle a mis ses écouteurs et lime ses faux ongles. Elle préfère regarder la télévision. De préférence les émissions où on échange des femmes frustrées mariées à des hommes stupides, ou encore où une créature hybride entre la nonne et la domina sado-maso ramène dans le droit chemin des enfants de familles cas soc'. Rien que des pornos sociaux. En tout cas, pendant qu'on écoute la radio, je peux observer le Léopold avec attention. Et il fait exactement tout comme le Papa. Quand le Papa sourit, la gueule du Léopold esquisse un sourire. Quand le Papa a les larmes aux yeux devant tant de mélancolie, le Léopold se force à verser une petite larme. Un lèche-cul de première.

2

Le téléphone sonne peu avant la fin du chant de Thoma. C'est le téléphone de service. Je ne l'entends pas tout de suite parce qu'il ne sonne pas si souvent et surtout pas la nuit. Pour être exact, la dernière fois qu'il a sonné, c'était en avril, peu après trois heures du matin. C'était Simmerl : il avait embouti, complètement ivre avec sa BM et sa putain de remorque, la cabine téléphonique à la mairie, et après il avait même prétendu qu'elle ne s'était jamais trouvée là. Elle se trouve là depuis l'invention des cabines téléphoniques, mais on s'en fout. Simmerl en a payé une neuve après-coup et elle n'était plus jaune mais rose. En tout cas, ce fut ma dernière intervention de nuit. C'est plutôt rageant quand c'est calme toute l'année et que pile à Noël ce putain de téléphone sonne, quand tu as descendu deux, trois verres de vin chaud. Mais le bon côté des choses, c'est que là, il a l'air con, le Léopold.

« Oui, je dis comme ça. On a sacrément de quoi stresser, dans la police. Même le soir de Noël, tu peux pas être tranquille. »

Ensuite, je réveille Louis II et on part. La femme au téléphone (c'est celle que j'ai rencontrée récemment, celle avec le bonnet, chez qui Flötzinger pose sous peu des tuyaux) a appelé du domaine de Sonnleitner et elle était plutôt hystérique. Elle a dit que quelqu'un rôdait autour de la maison et qu'elle avait une peur bleue. Et « la Clairette » aussi. Moi non plus, je ne me sentais pas vraiment fier vu que, tout petit déjà, le vieux domaine me donnait la chair de poule. Mais je me dis que comme elles sont deux là-bas, ça n'est peut-être pas si grave. Et puis elles ont aussi le chien. Même si celui-là n'est peut-être pas d'une grande aide, un chien reste un chien. Parce que, quand quelqu'un veut s'attaquer à son maître ou à sa maîtresse, tout chien devient une bête féroce. Sauf peut-être si l'agresseur a emporté une saucisse. Alors là, c'est plutôt mal engagé.

Quoi qu'il en soit, Louis II et moi traversons la forêt au milieu de la nuit et arrivons finalement au domaine. Et voilà cette Mme Dechampes-Sonnleitner en chemise de nuit, avec le bonnet dans les bras, qui nous attend à la porte du jardin. Elle ouvre de grands yeux en voyant que c'est moi la police qu'elle a appelée. Elle m'avait sûrement pris pour un bouseux ou un tocard de plombier chauffagiste ou que sais-je encore ? En tout cas pas pour un flic, c'est ce qu'elle dit ou quelque chose d'approchant. Alors je lui demande ce qui s'est passé exactement et si je peux parler aussi à la Clairette. Parce que j'ai supposé que la Clairette était une vieille femme, peut-être sa tante ou sa grand-mère ou quelque chose comme ça. J'ai cru ça parce que ma propre Mémé a toujours été la Leni pour tout le village, jusqu'à ce qu'elle commence à se ratatiner. Plus elle vieillit, plus elle rapetisse et se ratatine. Dans sa jeunesse grain de raisin, dans sa vieillesse raisin sec. Et quand la Mémé est arrivée au stade de raisin sec, elle ne s'est plus appelée Leni mais Lenerl, parce qu'un suffixe en *-erl* ou en *-ette* va bien aux petits vieux ratatinés. Donc j'ai pensé que Clairette avait été autrefois Clara et était maintenant au stade de raisin sec, d'où Clairette. Mais il s'avère que Clairette est le nom du bonnet. Ce qui d'ailleurs convient bien, parce qu'elle aussi est petite et ratatinée.

Bon, alors je relève d'abord les identités. Pas celle de la Clairette bien sûr, mais de sa propriétaire. Elle n'a pas de passeport sous la main, mais peu importe parce qu'elle sait parler : à demi française par son père. Prénom : Mercedes. Mercedes ! Benz ! Vingt-huit ans, un mètre soixante et un, soixante-deux, cinquante et un kilos. Cheveux brun foncé. Yeux bleus. Elle répond impeccablement à tout.

Ce n'est qu'à la question sur le tour de poitrine qu'elle marque de la surprise. J'allume alors ma lampe de poche et me mets à la recherche de traces de pas dans la neige, que je trouve aussitôt, et je peux même identifier les empreintes. Parce que personne d'autre dans le village n'a de panards aussi gigantesques que Flötzinger. Les traces mènent de l'entrée de la propriété à une remise avec, contre le mur, un tas de bois de chauffage qui permet parfaitement de monter sur le toit. Je grimpe dessus et j'ai une vue somptueuse sur la seule pièce éclairée. Sur le toit de la remise, à côté de mes propres empreintes, les panards gigantesques. Je regarde ça de près, assez longtemps même, parce que je veux faire pro. Elle se tient là avec trois fois rien sur elle et on voit bien qu'elle se caille bigrement. Le bonnet est encore lové contre le ventre de Louis II et se caille tout autant. Au bout d'un moment, je demande : « Donc, le gars était là-haut et vous matait par la fenêtre ?

— Là-haut, ici exactement, dit-elle en montrant la remise.

— Combien de temps à peu près ?

— Ça, je ne sais pas. Un bon moment, je suppose. Mais quand je l'ai aperçu, il a disparu en un éclair, bien sûr.

— En un rien de temps, donc ? Et vous ne pouvez pas le décrire ? » dis-je, bien que le coupable soit identifié depuis longtemps déjà.

Elle fait non de la tête.

« Il faisait nuit noire dehors. »

Silence.

Ensuite : « J'ai tellement peur. »

Je lance d'un ton assez héroïque : « Vous n'avez plus besoin d'avoir peur maintenant, ma petite dame, je m'en occupe. »

Elle acquiesce et sourit, reconnaissante.

« Très bien, dis-je. Je vais régler l'affaire. Vous allez rentrer gentiment chez vous, je vous informerai demain de l'état de l'enquête. »

Ensuite, je vais chez Flötzinger.

Dès qu'il m'ouvre la porte, je remarque que quelque chose ne tourne pas rond. Je crié : « Haut les mains et face au mur ! » en le braquant avec mon pistolet. Il lève les mains et se met au mur. Quelque chose ne va pas ici, il y a un truc louche. Je ne peux pas dire quoi exactement, pas tout de suite en tout cas. Flötzinger est toujours collé comme un cornichon au mur, ça me fait rire et je rentre. Comme il est pieds nus, j'observe ses panards gigantesques. Je n'y trouve rien de suspect, si ce n'est peut-être qu'ils ne sont pas propres. Il porte un jogging bleu-vert avec trois bandes blanches et l'inscription : Abidas. Une contrefaçon minable que vendent les Vietnamiens en Tchéquie. Ils ne se donnent même plus la peine de contrefaire correctement. Mais tant qu'il y a des gens qui continuent d'acheter leur merde (comme Flötzinger), ils n'ont pas besoin de se fouler.

Nous allons dans la salle de séjour, il y a là un arbre de Noël d'enfer avec dessous toute la marchandise en solde de Toys R Us. De la mini-moissonneuse-batteuse de douze chevaux à quatre vitesses au château de contes de fées rose XXL. Flötzinger pousse du pied quelques articles pour libérer le passage vers la banquette d'angle. Je m'assieds, sors mon dictaphone de la poche de ma veste de service en cuir. J'appuie sur Start et le pose sur la table.

« Un deux, un deux. Monsieur Flötzinger, où étiez-vous toute la soirée ? » je lui demande comme ça. D'un geste, il me traite de cinglé, je n'en ai rien à cirer parce que ça ne se verra pas au dictaphone.

« Ce soir, j'ai emmené Mary avec Ignace-Fyn et Clara-Jane à l'aéroport de Munich à cause de la visite chez les beaux-parents. »

C'est plus ou moins cohérent et pourtant mon mauvais pressentiment croît de seconde en seconde. Je me demande si je dois pointer mon arme sur lui, et là un éternuement. Pas un éternuement normal, comme ça, atchoum, non, je crois que les ailes de mon nez quittent mon visage pour toujours. Flötzinger se lève.

« Où vas-tu ? je lui crie.

— Chercher un kleenex, j'ai pas envie que ta morve s'étale partout ici ! »

Il revient avec un mouchoir.

Mes yeux pleurent et je les frotte avec le kleenex. De l'extérieur seulement, parce que je ne peux pas à l'intérieur, même si ça me démange tout autant. Alors, ça me déchire une fois encore. Mais là, je n'éternue pas une fois ou deux, c'est une véritable salve d'éternuements. Je ne peux pratiquement plus m'arrêter et mes yeux tout gonflés sont réduits à un minuscule millimètre d'ouverture.

Je ne pense plus qu'à une chose : gaz lacrymogène. Mon Dieu, Flötzinger a utilisé du gaz lacrymogène ! Au moment où ça me déchire de nouveau, quelque chose me saute dessus. Comme dans un *James Bond*, sauf que c'est Flötzinger qui est Bond et moi le Russe débile qu'il est en train d'achever. C'est un chat qui me regarde les yeux dans les yeux, un angora. Il fait le gros dos et pose ses pattes alternativement sur ma jambe, l'une après l'autre, comme s'il faisait du step.

Alors il me vient une idée : possible que ce ne soit pas du gaz lacrymogène mais l'allergie aux chats que j'ai depuis toujours. Et la dernière chose que je vois, ce sont des centaines de petits poils fins qui volent devant mon nez. Alors, fermeture des fentes et obscurité totale. De mes dernières forces, je chasse de mon giron cette saleté de bestiole.

Je demande alors : « Depuis quand as-tu ce putain de chat ?

— Cadeau de Noël pour Ignace-Fyn, répond-il. Celui de Clara-Jane est encore dans la corbeille des chats, c'est la petite sœur. »

Ça suffit ! Je remballe le dictaphone et saisis mon arme.

« Tu es allergique aux chats ? me demande Flötzinger, et mon doigt tripote nerveusement la gâchette.

— Ramène-moi chez moi ! » dis-je entre deux éternuements. Flötzinger me prend par le bras et me conduit à la voiture, puis il m'aide à monter et à descendre et m'accompagne à la maison.

Dieu merci, le Papa est encore debout à écouter les Beatles. Hélas, le Léopold aussi est encore debout à écouter les Beatles. Il regarde mon suspect numéro un me guider jusqu'à la cuisine puis prendre congé. Je m'assieds à la table de la cuisine et le Papa me fait une infusion de camomille. J'ai l'impression de faire une inhalation de tabasco et je sens un besoin urgent de gratter mes yeux de l'intérieur. Vu que je n'y arrive toujours pas, je les gratte à l'extérieur. Ils sont gonflés, sortent de leurs orbites et ont la taille de balles de tennis.

Comme rien ne fait effet, le Papa réveille la Mémé et elle sort de l'armoire à pharmacie un remède. Cette fois, ça marche et la première chose que je vois par la fente de mes yeux retrouvée, c'est le rictus niais du vieux lèche-cul.

« Qu'est-ce que t'as à me regarder comme ça comme un con ? » dis-je de manière plutôt agressive, parce qu'il ne me manquait plus que lui. Il marmonne quelque chose comme « un boulot incroyablement stressant » et va au lit.

La Mémé m'amène à la porcherie, m'allonge sur le canapé, allume le radiateur infrarouges et sort. C'est à ce moment-là seulement que je remarque que j'ai oublié Louis II. Le pauvre est toujours dans ma voiture de fonction devant chez Flötzinger. Donc je sors. Je vais à pied, bien obligé, et l'air frais me fait du bien. Louis II est content de me voir arriver. Mes yeux sont maintenant suffisamment ouverts pour que je puisse rentrer à la maison avec mon véhicule. Quand tous les deux nous nous blottissons devant notre radiateur, la porte s'ouvre, le Papa rentre.

Il lance : « Flötzingzer a téléphoné. Quelqu'un a volé ta voiture de fonction devant chez lui », et s'en va.

Le lendemain, je me porte comme un charme. J'ai juste les yeux rouges et le nez aussi. Mais plus rien de gonflé. Après le petit déjeuner, je reprends le cours de mon enquête bien que ce soit férié. Je vais d'abord chez Flötzinger mais, fort de mon expérience, je me garde bien de trop m'approcher de la maison. Je prends donc le porte-voix et somme Flötzinger de sortir.

Rien ne se passe.

Je tourne autour de la maison avec le porte-voix et fais sommation sur sommation : toujours rien. Liesl Mooshammer, la voisine, demande en criant à la fenêtre ce qui se passe. Et je réponds : « Rien ! » Personne à la maison, apparemment. Ou alors, il s'est barricadé. Comme, pour des raisons de santé, je ne peux pas ouvrir moi-même la porte à coups de pistolet et aller voir, je vais probablement devoir demander du renfort. Mais je commence par aller chez la victime, voir comment elle va.

Je me rends donc au domaine de Sonnleitner et cela s'avère intéressant pour mon enquête. Parce que, en effet, la voiture de Flötzinger est garée à l'entrée de la propriété. Au moment où je veux recourir une nouvelle fois à mon porte-voix pour sommation, la porte s'ouvre et coupable et victime sortent gentiment. Je me mets à couvert derrière ma voiture de fonction et, par sécurité, fais un geste pour attraper mon arme.

Elle n'est pas là !

Je réalise avec horreur que je l'ai oubliée la nuit dernière près de l'inhalateur sur la table de la cuisine, après que Flötzinger m'a ramené à la maison. Super ! Je me mets donc aux aguets, sans arme, derrière ma voiture de fonction et Louis II me lance par la vitre un regard compatissant. Ça me répugne qu'il voie son maître dans cette situation. Voilà maintenant que les deux ont découvert ma voiture et Flötzinger s'écrie : « Alors Franz, tu as retrouvé l'usage de tes yeux ou il faut que je te ramène ? »

Et puis il dit à Mme Dechampes-Sonnleitner, alias Benz : « Hier ses yeux se sont mis à gonfler, pas croyable. Il ne supporte pas les chats. »

Je sors alors de ma planque et les rejoins tous deux. Là, j'apprends que Flötzinger a fait le tour de la maison pour des travaux de gaz, plomberie et chauffage et qu'il commence le chantier demain. On prend congé, la femme rentre chez elle et Flötzinger retourne à sa voiture.

Mais il ne va pas s'en tirer comme ça. Parce que, en effet, je ne sais toujours pas pourquoi il a rôdé la nuit dernière au domaine de Sonnleitner. Je dis que je fais mon tour avec Louis II et qu'il doit venir avec nous. Car aller chez lui est impossible pour raisons de santé, aller chez moi est impossible à cause du lèche-cul, et Wolfi n'a pas encore ouvert. J'ai bien un bureau à la mairie, mais on ne peut pas y aller vu que le maire y loge sa famille venue passer Noël. Ne reste donc plus que Mère Nature. Alors on part marcher.

On a mis 1-19, ce qui n'est pas trop mal si on pense à tout ce qu'on s'est goinfré à Noël. Flötzinger a avoué et confirmé mes soupçons. Il n'a pour ainsi dire pas pu tromper mon flair infaillible malgré le préjudice technique causé par les poils de chat. Il était bien hier au domaine de Sonnleitner après avoir conduit sa famille à la Lufthansa. C'est ce qu'il m'a raconté, et il l'a fait en 1-15. Je serai plus bref et le dirai comme ça : Flötzinger a des besoins sexuels à satisfaire. Parce que, en effet, depuis la naissance de Clara Jane, son épouse ne veut plus rien savoir du « Aimez-vous et multipliez-vous ! ».

« Elle en a ras le bol, dit-il. Tant de la progéniture que de la procédure qui la précède. Je n'ai même plus le droit de la voir à poil. Tout au plus en chemise de nuit de flanelle, mais ça je n'en ai rien à foutre. Elle est pratiquement asexuée depuis Clara-Jane. Comme si elle avait perdu sa foufoune en accouchant. » Et c'est pour ça qu'il est allé hier au domaine de Sonnleitner. Il espérait pouvoir jeter un œil sur le petit chou à la crème, tout nu de préférence.

Sauf qu'il s'est foutu le doigt dans l'œil, Flötzinger. Il n'a pas pensé au froid de canard dans la maison de Mme Benz. Parce qu'il n'y a pas de chauffage, seulement un vieux poêle en carreaux de faïence dont le tirage n'est pas bon. Personnellement, je serais plutôt d'avis qu'elle est simplement trop bête pour l'allumer. Mais peu importe, en tout cas il fait froid. C'est pourquoi le petit chou à la crème était lui aussi enveloppé de flanelle et tout le plaisir s'est envolé.

« C'est tout », dit-il. Et maintenant il va se dépêcher d'installer le chauffage dans l'espoir d'un petit chou à la crème sans flanelle. Flötzinger est un voyeur et c'est ce que je lui dis.

« C'est un délit puni par le paragraphe 201a du code pénal. Ça peut aller chercher jusqu'à un an de prison et je suis obligé de le signaler, mon vieux.

— Mais tu n'as pas de preuve. Et les traces d'hier dans la neige sont depuis longtemps impossibles à identifier.

— Oui, oui, c'est parole contre parole et le juge saura bien qui croire », dis-je. Là, il a l'air con, le tocard de plombier. On tombe d'accord : je renonce au procès-verbal et en revanche il installe le chauffage chez moi. Dès demain.

L'affaire réglée, on va boire une bière chez Wolfi. Parce que ce soir le Léopold s'en va avec sa Roxana. Demain c'est jour ouvrable. Et d'expérience, un jour juteux. Tous ceux à qui le petit Jésus a apporté de l'argent se précipitent chez lui pour acheter un livre. Ou deux ou trois. Pour lui, ça veut dire se retrousser les manches et s'en mettre plein les poches. Moi, comme je veux m'épargner les palabres, direction Wolfi.

De bonne heure, la Mémé me réveille et hurle : « Lève-toi maintenant, Franz, ! Flötzinger est là à cause du chauffage. Et aujourd'hui on va en ville. Dépêche-toi un peu sinon les magasins auront le temps de fermer avant que tu te bouges le cul ! »

Oui, j'ai promis à la Mémé de l'emmener à Landshut comme tous les ans. Elle dit qu'elle a besoin d'une nouvelle parka. Et dans ces cas-là, on attend après Noël parce que tout est soldé.

Maintenant, Landshut n'est pas une grande ville, c'est clair. En fait, deux rues, la vieille ville et la ville nouvelle. Quoique la ville nouvelle ne compte pas vraiment, il ne s'y passe pas grand-chose. Mais pour la Mémé, une excursion à Landshut c'est comme un voyage sur Mars, tout à fait excitant.

Après le petit déjeuner, on s'en va d'abord à K&L* puis à Karstadt*. Après à C&A. Mais toujours pas de parka. Comme la Mémé en est au stade de raisin sec, toutes les parkas sont beaucoup trop grandes. Même dans la plus petite taille, elle a l'air de sortir d'une tente quatre places. Donc retour à K&L. Là, une gentille vendeuse avait dit que si on ne trouvait rien, on pourrait regarder au rayon jeunes. Parce que c'est taillé plus petit, il y aurait des articles tout à fait corrects qu'on ne dirait pas faits pour des jeunes.

Donc retour au magasin, on cherche la vendeuse. Mais elle a un autre client à servir et je dis à la Mémé que pendant ce temps je vais voir au rayon hommes.

Je trouve deux chemises à carreaux et un pull gris à col en V. Tout est soldé. À un moment, j'entends la Mémé crier : « Oui, et combien elle coûtait avant ? »

Elle est à la caisse et commence à crier avec la femme là-bas. Celle-ci lui montre l'étiquette avec les prix et la Mémé est toute contente. Je paie aussi mes articles et puis on va prendre un café. Une part de forêt-noire, une grande tasse de café au lait, comme tous les ans.

La serveuse est à peu près du même âge que la Mémé et travaille là depuis un siècle. À la table d'à côté, il y a un cercle de dames et toutes se saluent en se faisant la bise. À chaque fois qu'une autre vient agrandir le cercle et se fait claquer la bise, la Mémé dit : « Beurk ! », à voix haute bien sûr. Ensuite, on rentre. La Mémé déballe sa nouvelle parka et l'enfile. Elle lui va comme un gant, elle est noire et derrière, en lettres orange, on peut lire : « *Big girls have more fun !* »

Doux Jésus !

Mais de toute façon, la Mémé ne parle pas anglais.

3

Ce matin, nouvelle intervention, ce coup-ci sur le chantier Neuhofer : je dois fermer la route à la circulation. Là, il faut que je donne une petite explication. Les frères Neuhofer ont hérité de leurs parents une maison à un étage et, ma foi, ça s'est révélé plutôt con. Comme chacun des deux frères aurait aimé fonder une famille, il aurait mieux valu une maison à deux étages.

Bon, aussitôt dit, aussitôt fait.

On enlève le toit, on ajoute un étage, une opération très simple en fait. Mais ils n'ont pu installer le conteneur à démolition que du côté jardin, parce que de l'autre côté c'est la route principale. Un axe terriblement important, été comme hiver, vingt-quatre heures sur vingt-quatre, tout le temps pour ainsi dire. Donc pas possible, d'où côté jardin. À un moment, le conteneur était plein et il a fallu le vider. Pas de problème. Une grue vient, lève le truc au-dessus de la maison, le pose dans la rue et on n'en parle plus. Du moins théoriquement.

Dans la pratique, il s'est avéré que le conteneur n'était pas bien arrimé à la grue. En dessous, il y avait le plus vieux des deux frères Neuhofer et paf, *exit*. Il était raplati comme une crêpe. Ou comme une *Palatschinken**, comme disent les Tchèques. Une *Palatschinken* avec de la glace et de la crème et dessus un doigt de sauce à la framboise, y a pas mieux. Je lâcherais bien un jarret de porc pour une *Palatschinken*. Et les Tchèques les font si fines qu'on pourrait presque lire le journal à travers. Un rêve. Mais là, je m'égare. En tout cas, le Neuhofer est maintenant raplapla comme une crêpe, il est mort bien sûr, et je n'ai plus qu'à fermer la route et appeler les services d'inspection du travail. Les pompiers ramassent les morceaux. Et l'histoire de la maison à deux étages est aussi réglée, on remet le toit dessus, enterrement et basta.

« C'était pas un beau cadavre, hein Franz ? me dit Flötzinger trois jours plus tard au repas d'enterrement.

« Non, dis-je en prenant une gorgée de bière.

— Il était complètement en bouillie, hein ?

— On peut dire ça.

— Comment on arrive à mettre ce truc dans un cercueil ?

— Faut demander aux croque-morts, je touche pas à ça !

— À moi, tu peux me demander, dit Simmerl en se fourrant un bout de viande dans la bouche.

— À toi, pourquoi ? veut savoir Flötzinger.

— Parce que je peux t'expliquer en détail comment on fait de super boulettes de viande avec de la viande hachée. Au fond, on ne s'y prend pas autrement.

— C'est vrai, de super boulettes », dis-je comme ça, et je ne peux m'empêcher de ricaner. Mais Flötzinger ne rigole pas, il balance sa serviette dans son assiette à moitié pleine et cherche le chemin des toilettes.

« Il est un peu sensible, hein ? me demande Simmerl avec un sourire en coin.

— Oui », je réponds.

Sinon l'ambiance est assez bonne, comme elle peut l'être à un repas d'enterrement. Les visages déconfits au début, puis le repas, le schnaps, le gâteau, le schnaps rebelote et alors la convivialité s'installe.

Ce n'est pas de la tarte avec les Neuhofer, parce qu'ils meurent de drôles de façons. La mère par exemple. La mère, il faut le dire, était gravement dépressive. Pas toujours, mais sur la fin. Depuis que son mari était mort, en fait. Elle avait peur de tout. Panique à l'état pur. Elle ne pouvait même plus descendre du premier étage sans antidépresseurs. Et ça durait comme ça toute la sainte journée. Rendez-vous chez le coiffeur : crise de panique. La route à traverser : crise de panique. Changement de saison : crise de panique. Alors, rien d'étonnant à ce qu'elle soit partie tout d'un coup dans la forêt et qu'elle se soit pendue au premier arbre venu, non ?

Et avant ça, l'histoire du père Neuhofer. Il était électricien. On aurait donc pu penser qu'il s'y connaissait. Mais non, il prend une décharge en installant la nouvelle cuisinière électrique chez lui. En matière d'électronique, on me prend plutôt pour une buse. Mais même moi, je sais qu'il faut couper le courant. Apparemment il a oublié. Parce que, quand toute ta vie tu mets le courant et tu le coupes, ça peut arriver. Oui, c'est la routine qui lui a été fatale.

Ce que je voulais dire en fait, c'est que les Neuhofer ne meurent pas comme tout le monde. Mais plutôt de façon inhabituelle. Oui, voire dramatique. On pourrait même se faire de drôles d'idées. N'importe quel auteur de polar se délecterait d'un sujet pareil. Mais un accident reste un accident, si tragique soit-il. Pour finir, dans la famille maintenant il ne reste plus que le Hans. Et qui sait ce qui l'attend !

Le soir la Mémé nous cuisine un haché de poumon à l'aigre. Après, j'ai le besoin urgent de faire couler ça. Je ne sais pas si ça vient du poumon ou plutôt du Neuhofer aplati comme une crêpe, en tout cas c'est comme ça et je vais chez Wolfi. Je suis à peine devant ma bière que Flötzinger arrive parce qu'il s'ennuie chez lui, sans sa famille. À peine a-t-il lui aussi sa bière que la porte s'ouvre et Mme Benz entre avec le bonnet. Louis II est content et le bonnet aussi. Mais pas Mme Benz, elle houspille Flötzinger : pourquoi il n'est pas venu comme convenu pour le chauffage ? Elle dit qu'il fait un froid de canard et qu'elle va mourir de froid s'il ne vient pas bientôt. Je lui demande si je dois lui prêter mon radiateur infrarouges mais elle n'en veut pas.

Flötzinger lui dit de se calmer et de boire un verre. Et là des cris de putois, incroyable ! Parce que, en effet, elle veut un chardonnay.

Et Wolfi dit : « J'ai pas. »

La Benz est furieuse.

« Alors je prends un prosecco », dit-elle.

Wolfi : « Je n'ai pas de prosecco non plus. »

Elle ne lâche pas : « Un verre de vin rouge peut-être ? »

Là, Wolfi visiblement soulagé, dit : « Oui, j'ai un bon lambrusco. »

La femme est alors passablement désespérée : « Le lambrusco n'est pas un vin rouge. Du moins pas au sens classique du terme. »

Au sens classique du terme !

Flötzinger : « Si, si. Je bois toujours du lambrusco au lac de Garde, parce que la bière allemande est tellement chère là-bas. Il n'est pas mauvais. »

La femme regarde Flötzinger comme si des vers de terre sortaient de sa bouche. Puis elle avise les bouteilles de schnaps sur les étagères derrière le comptoir et commande un Coca-cognac sur des glaçons.

De la glace, Wolfi n'en a pas mais il ne l'avoue pas. Il va dehors, prend quelques morceaux des stalactites de la gouttière et le tour est joué.

Quelque part, la femme donne vraiment l'impression de ne pas être à sa place ici. Comme une porcelaine dans un magasin d'éléphants.

Plus tard, la conversation revient sur cette connerie de chauffage. Flötzinger a bien sûr mauvaise conscience parce qu'il doit d'abord terminer mes travaux à moi, sinon c'est la tôle. Mais il lui promet que, malgré sa grosse charge de travail, il commencera chez elle lundi. Je lui fais remarquer que maintenant que le contrat Neuhofer est tombé à l'eau, il a de toute façon un créneau. Et Flötzinger dit qu'il n'avait aucun contrat avec Neuhofer. Ce que je trouve bizarre parce que, chez nous, on prend toujours les artisans du coin. D'un autre côté, ce n'est pas mon problème et la femme sera de toute façon contente de ne plus avoir à se geler.

Et puis Simmerl arrive. Il n'a pas son tablier mais sa chemise de boucher est tachée de sang. Simmerl s'en fout. Il commande une bière et une tournée de Kuemmerling*. La femme le regarde vraiment avec dégoût et je ne sais pas si ça tient au Kuemmerling ou à la chemise tachée de sang.

Après quelques Kuemmerling, la situation est sensiblement plus détendue et la femme lève son verre avec nous à l'amitié. Flötzinger lui dit qu'elle n'a pas vraiment l'air d'une Mercedes mais plutôt d'une Ferrari.

Ça lui plaît. Elle commande une tournée de Kuemmerling. Flötzinger la drague à mort, t'as pas idée. Si sa Mary le voyait, elle s'arracherait sa chemise de flanelle.

À une heure assez avancée, la Ferrari danse sur un tube de l'Eurovision, collée à l'épaule de Simmerl, en plein sur les taches de sang. Là il a l'air con, le tocard de chauffagiste.

4

Quelques jours plus tard, je vais avec la Mémé chez Aldi parce que les cerises aigres et les serviettes hygiéniques sont en promo. Je me demande pourquoi la Mémé a besoin de serviettes hygiéniques. Peut-être qu'elle déraille ou qu'elle a des fuites. Peu importe, en tout cas on va chez Aldi et on passe pile devant la maison Neuhofer. Il y a un panneau géant sur lequel on peut lire : *Ici construction prochaine d'une station-service OTM*.

Là, bien sûr, je me demande comment ça se fait qu'une station-service débarque pile au moment où le nombre des habitants de la maison Neuhofer vient de s'optimiser. Mais disons les choses comme ça : cette maison n'a jamais été franchement terrible. À habiter, je veux dire. Avec cet axe routier hyper-important devant la salle de séjour… Tu dois sacrément sentir vibrer ta chope de bière, devant la télé, quand les quarante tonnes passent dans un bruit de tonnerre. Oui, pas vraiment sensass. D'un autre côté, c'est l'endroit idéal pour une station-service.

Juste entre Niederkaltenkirchen et Landshut, en dehors de l'agglomération. Un emplacement de rêve, si on veut. Mais c'est quand même allé vite. Quand je pense qu'il y a une semaine le frère était tout sauf plat comme une crêpe.

Jour de la Saint-Sylvestre, fondue avec le Papa et la Mémé.

Oui, et après le repas on coule du plomb dans l'eau pour prédire l'avenir*.

Ça fait déjà des années que la Mémé coule un pénis. Parce qu'elle fait couler le plomb tellement lentement dans l'eau que ça ne peut rien donner d'autre. Donc, la Mémé coule à nouveau son pénis, le Papa quelque chose comme un hérisson en prétendant que ça ressemble à une couronne. Dans la description des symboles, la couronne est synonyme de victoire. Le hérisson signifie tout à fait autre chose. Plutôt le contraire. Alors le Papa dit que c'est une couronne. Mon plomb ressemble à un chapeau et dans la description des symboles, il n'est pas question de chapeau. À minuit, on boit un petit verre de mousseux et puis la Mémé va au lit. Le Papa, lui, a rendez-vous avec quatre gars de Liverpool, et moi je vais chez Wolfi.

Là, l'ambiance est plutôt bonne et quand j'arrive Flötzinger est encore en train de draguer la Ferrari. Elle doit aller aux toilettes et Flötzinger déclare que c'est le moment de lui dire qu'il l'aime bien. Qu'il voulait la sauter, ça, il lui a expliqué dès le début. C'est tout lui, ça. Parce que Flötzinger inverse toujours l'ordre des choses. Depuis toujours. Autant dire qu'il fait d'abord un nœud au ballon avant d'essayer de souffler dedans. Incroyable ! Ça lui a pourri toutes ses histoires de nanas.

C'est pourquoi seule la Mary lui est restée. Non qu'elle soit trop laide pour en trouver un autre. Non. C'est plutôt qu'elle n'a pas compris ce que Flötzinger racontait. Parce qu'elle arrivait d'Angleterre et ne comprenait pas encore l'allemand à cette époque. Quand elle a compris, elle était déjà mariée. Elle a raté le coche pour le quitter, en quelque sorte.

La Ferrari revient des toilettes mais Flötzinger n'est plus en état.

« Ah, te revoilà ! Tout va bien ? demande-t-il en posant le bras sur ses frêles épaules.

— Évidemment ! Pourquoi ? demande-t-elle en retour, croulant carrément sous son poids.

— Tu veux danser ?

— Non, il fait trop chaud là-dedans.

— Ou boire quelque chose ? » Il remue son verre de bière.

« Non, ça va, j'en ai encore, merci.

— Ou baiser ? »

Elle repousse son bras et gagne le large. Flötzinger ne comprend plus rien au monde, encore moins aux femmes, alors il se commande une autre bière.

Simmerl est là aussi avec sa femme Gisela. Gisela est une grosse femme de boucher-charcutier, vraiment très gentille. Malheureusement, elle a une verrue au-dessus de la lèvre, et même une grosse. Pas un truc comme Cindy Crawford, mais plutôt le genre stade final de la peste bubonique. Ce qui, en soi, pourrait m'être complètement égal vu que ce n'est pas ma femme. Mais je ne peux tout simplement pas parler avec elle. Ou plutôt si, je peux parler, mais pas la regarder dans les yeux. Il faut toujours que je regarde la verrue. Plus tard, Simmerl paie une tournée et elle me demande : « Vodka ou whisky ? »

Et je réponds : « Verrue ! »

Ce que je suis gêné alors, mon Dieu si tu savais. Elle, pas du tout. Elle dit : « Non, mon ami, celle-là je me la garde. »

Alors je prends une vodka.

Au bout d'un moment, Flötzinger reconduit la Ferrari chez elle et ma curiosité l'emporte. Je chope Louis II et nous faisons le tour du pâté de maisons parce que je veux savoir ce que ces deux-là fricotent.

Rien du tout ! Flötzinger est chez lui, il y a de la lumière. Et la Ferrari est aussi chez elle. Ça, je le remarque aussi à cause de la lumière. Tintin pour la brûlante nuit d'amour. Oui, Flötzinger peut bien souffler et souffler. Tant qu'il fera un nœud au début, ça ne marchera pas.

En rentrant à la maison, le Papa écoute encore les Beatles, j'en ai marre de le répéter. Comme maintenant j'ai du chauffage chez moi, je peux me permettre d'ouvrir la fenêtre. Donc c'est ce que je fais, et je pose deux baffles à deux cents watts sur le rebord, tournés vers la cour, avec Guns N'Roses à pleins tubes.

Je m'assois sur le canapé et mets un casque sur les oreilles de Louis II, après tout il n'y est pour rien.

Trente secondes plus tard, le Papa traverse la cour et entre dans ma porcherie. Je ne peux malheureusement pas entendre ce qu'il dit parce que la musique est trop forte. Manifestement, il parle, ou du moins sa bouche remue. Ça dure un certain temps avant que le silence ne se fasse, vu qu'il ne trouve pas le bouton Off. Il finit par arracher la prise, et là c'est le silence. Ou presque, puisque ses copains de Liverpool chantent encore gaiement dans la maison en face.

« Tu es devenu dingue ou quoi ? me demande-t-il.

— Non, mais si tu n'arrêtes pas ta musique de merde, ça ne va pas tarder.

Il tourne les talons, arrête les Beatles, et là c'est le silence.

Le matin du Nouvel An, mon téléphone de service sonne : accident de la route entre deux voitures. Le problème, c'est que le conducteur de l'Audi blanche a mordu la ligne blanche. Pas de beaucoup. Ça peut arriver à tout le monde, et ce n'est même pas un délit. Mais quand l'un franchit la ligne blanche et que le véhicule d'en face franchit aussi la ligne blanche, c'est quand même con. Côté conducteur complètement foutu, ne parlons pas du rétroviseur extérieur. Je constate l'accident et je pourrais tout régler fissa parce que les torts sont partagés. Mais l'un des deux auteurs de l'accident n'est autre que Hans Neuhofer.

Ce qui, en soi, n'est pas plus tragique que ça. Non, pas du tout. Sauf que l'Audi blanche A8 est flambant neuve et son prix exorbitant, soit dit en passant. Oui, mais maintenant que Neuhofer a cédé sa maison à la station-service OTM, il peut bien lâcher sa vieille trottinette Peugeot et s'offrir une voiture haut de gamme. Ce n'est pas non plus le problème. Il a juste une voiture neuve, le Hans. C'est bien son droit.

Ce qui me laisse sans voix, c'est sa nervosité. Ses nerfs sont en train de le lâcher, mon vieux ! Il est nerveux, je te dis pas, il préférerait payer les dégâts pour les deux parties et ma paie de l'année en plus, rien que pour s'en aller. *Le Fugitif*, c'est de la rigolade à côté.

« Pas si vite, Neuhofer. Il faut d'abord que je prenne votre déclaration », dis-je comme ça.

Et lui : « Qu'est-ce que j'ai à déclarer ? J'ai passé la ligne blanche et je paie pour. Point final. »

Pas de point final, non. Vu que c'est quand même un peu bizarre.

Parce que, avant, j'ai interrogé l'autre protagoniste. Une femme d'un certain âge, blanche de peur, qui déclare avoir franchi la ligne blanche. D'habitude, dans ce genre de situation, il en va autrement. Les deux disent que l'autre a mordu sur la ligne blanche. Toujours l'autre. Jamais soi-même. En aucun cas. Eh bien, cette femme l'a reconnu et Neuhofer aussi. Deux personnes foncièrement honnêtes se télescopent sur la chaussée…

Tout irait pour le mieux dans le meilleur des mondes ! Mais Neuhofer finit par tout gâcher. Parce qu'il n'a qu'une idée en tête : partir. Tout payer, y compris ma paie, et partir. Oui.

Je me vois dans l'obligation de lui dire : « Qu'est-ce qui te rend si nerveux, Neuhofer ?

— Je ne suis pas nerveux mais énervé ! braille-t-il.

— Énervé, donc. Pourquoi es-tu si énervé ?

— Parce que j'ai déjà assez de problèmes comme ça. Comme si j'avais besoin de ce putain d'accident en plus.

— Bien sûr, qui a besoin de ça ? C'était pas ta semaine, hein ? D'abord ton frère. Puis ta voiture. Une belle voiture. Neuve ?

— Flambant neuve, et il laisse échapper un profond soupir.

— Flambant neuve, donc. Je me disais bien qu'elle était flambant neuve. Maintenant, elle est plutôt d'occasion. »

Il prend sa respiration et expire de manière un peu théâtrale, à mon idée.

« C'est bon ?

— Oui. C'est fini pour l'instant. Tu peux y aller. Mais tu t'arrêtes au prochain garage, compris ? »

Il acquiesce.

5

L'après-midi, je commence par aller au bureau et j'étudie de plus près les pièces du dossier Neuhofer sur l'accident du conteneur. Il y a quelque chose qui ne va pas. Je le sens. Après presque vingt années dans la police, tu le sens, pas croyable. Ça ne trompe pas, pour ainsi dire. Et je n'ai pas toujours été policier de campagne, attention. Pendant quinze ans, j'ai été pratiquement au centre du monde : Munich, le commissariat du 43, rue Moosacher. Oui, et il s'en passait, mon vieux. Là, tu apprends à avoir un sens infaillible pour repérer les gens nerveux.

J'ai été muté il y a trois ans. Sur demande expresse du psychologue de la police, M. le « double Dr Spechtl ». Oui. Il était autrefois oto-rhino-laryngologiste et ensuite il s'est reconverti en psychologie, en psychologie criminelle, exactement. Parce qu'il en avait marre de la morve et des polypes. En tout cas, il m'a muté, au front pour ainsi dire, au pays natal. Il faut peut-être que j'explique ça rapidement.

Donc, le Rudi Birkenberger et moi, on formait une équipe de première classe. Une équipe de rêve, je dirais. Dès le début on s'est compris comme ça, sans un mot, ça allait tout seul. Un jour, on devait, comme souvent, conduire au tribunal un pédophile de Stadelheim. Ce baiseur de gamins avait à son compte quatre petits garçons et une petite fille, une affaire horrible. C'est déjà insupportable d'avoir un gars de cet acabit dans sa voiture de fonction. Une pourriture pareille, il faut vraiment se maîtriser. Quand tu regardais dans le rétroviseur, il te provoquait en ricanant. Tu serrais les poings, je te dis pas !

À un moment donné, on se trouvait à un feu rouge et un groupe d'écoliers traversait sur le passage piétons. Là, le type derrière commence à gémir, ça se raconte pas un truc pareil. De la provoc pure. Le Rudi a dévié un peu de notre chemin et est entré dans la forêt. Et là, il l'a castré, il lui a fait voler les couilles à coups de pistolet.

Dans un premier temps, le Rudi a été renvoyé et, dans un deuxième temps, arrêté. Cinq ans pour coups et blessures graves. Il a dit que ça valait le coup. Mais ils l'ont libéré après deux ans et demi. Pour bonne conduite.

Moi, j'ai eu un psychologue. M. le double Dr Spechtl. Il m'a demandé cent fois pourquoi je n'avais pas empêché ça et je lui ai expliqué cent fois que, si le Rudi n'avait pas tiré, je l'aurais fait moi-même.

Après ces événements, j'ai souvent laissé mon arme au vestiaire. Spechtl dit que c'est mon inconscient. Pour ne pas courir le risque de castrer le premier venu dans la rue.

Un an plus tard, je me fais tirer dessus, dans l'épaule, pendant le hold-up d'une banque où, comme de juste, je n'avais bêtement pas pris mon flingue avec moi. Là, ça a donné le contraire et je me suis baladé dans Munich avec mon arme, prêt à tirer, vachement sur mes gardes de peur qu'on me tire dessus. Spechtl dit : l'inconscient !

Ce qui m'est égal, je veux seulement dire que deux précautions valent mieux qu'une. En attendant, ça ne convient ni à mes supérieurs ni à Spechtl de me voir jouer les Rambo dans les rues. Et ils pensent que si je dois descendre quelqu'un, autant que ce soit dans ma province natale. C'est ainsi que j'ai atterri là où je suis aujourd'hui. Mon Dieu, j'ai été bien long. Mais c'est pour qu'on sache pourquoi je travaille à la campagne.

En tout cas, aujourd'hui, le Neuhofer m'a rendu bien méfiant avec sa nervosité. Alors je commence à réfléchir. Je me demande si le Neuhofer n'a pas la mort de sa tordue de famille sur la conscience. Parce que, soyons honnêtes, ça n'a jamais été une vie de famille harmonieuse. Le père, un ivrogne, il aimait tabasser sa femme. Et plus tard ses deux garçons aussi, quand ils ont été à sa portée. La mère, une chialeuse de première. Et grâce au Léopold, je n'ai pas besoin d'en dire davantage sur les grands frères.

En plus, cette maison affreuse, où les camions s'invitent à la soupe dans un grondement de tonnerre… Vouloir échanger le lot contre du liquide, peut-on en vouloir à quelqu'un pour ça ?

Ce terrain n'était pas bien fichu, trop court à l'arrière et tout en largeur le long de la route. Pas bien fichu du tout. Par contre, idéal pour une station-service, bien sûr. Et les acheteurs ont dû payer une belle somme, parce qu'il n'y en a pas une à la ronde.

Le vieux Neuhofer n' aurait jamais vendu sa maison. Il l'avait eue de ses parents. Donc il fallait qu'il dégage. Et la mère et le frère aussi. Triple meurtre.

Oui, voilà ce que je pense au cours de mes investigations. J'investigue, j'investigue, et tout à coup, la Mémé frappe à la fenêtre et crie : « La soupe aux champignons est prête. Pense à rentrer, fiston ! »

Maintenant, bien sûr, le ramasseur de champignons averti va tiquer : « Soupe aux champignons en janvier ? Il se trompe, le Franz. » Et là, je précise : congélateur !

Parce que, quand la Mémé va chercher des champignons à l'automne, je l'emmène de bon matin avec ma voiture de service en compagnie de Louis II et je reviens les chercher à midi. Là, tu ne vois plus la Mémé tellement il y a de champignons. Elle en vend une partie au marché à des prix exorbitants et on congèle l'autre.

On en mange une fois par semaine jusqu'à l'automne suivant. Une soupe de champignons à la crème fraîche avec un peu de persil par-dessus. Un rêve ! Alors là, je lâche une *Palatschinken* bien fine pour une soupe aux champignons.

Donc, je ferme les dossiers et en route pour la maison.

2 janvier. Réception de Nouvel An. Toute la commune se trouve devant la mairie et M. le maire et M. le curé se surpassent dans leurs discours.

Genre : l'année passée était bonne et s'il faut que la nouvelle soit aussi bonne, chacun doit y mettre du sien. Donc, on sort son porte-monnaie ou son chéquier. Flötzinger ne mégote pas et choisit la version chéquier. Simmerl promet comme chaque année un cochon de lait et un rôti roulé pour la fête du village. La recette va à la paroisse.

Le Léopold vient en compagnie de sa Roxana et fait don de quelques rossignols pour la bibliothèque. Ensuite, la chorale paroissiale chante avec la Gisela Simmerl au premier rang. Oui, elle sait chanter, mon vieux. Verrue ou pas, quand la Gisela chante, la Callas peut aller se rhabiller – ou elle pourrait aller se rhabiller si elle respirait encore, paix à son âme !

Les enfants ont des lampions de toutes les couleurs et il en brûle un ou deux au cours de la soirée. La Mémé, dans sa nouvelle parka avec sérigraphie, se tient au premier rang pour bien tout voir, puisqu'elle n'entend rien. Louis II se dresse à côté d'elle, il est à peu près aussi haut qu'elle. Un peu plus tard, elle achète au stand des Familles rurales quelques bougies de Noël vu qu'elles sont soldées.

Alors Flötzinger se précipite vers moi.

« Je suis un peu pressé aujourd'hui, je dois aller chercher Mary avec les enfants à l'aéroport. Parce que Ignace-Fyn fait bientôt Balthazar pour les Rois mages. »

Aha.

À la fin, le maire offre une tournée de vin chaud et on rentre.

À la maison, le Léopold parle du succès dingue des ventes de ces derniers jours et du nombre limité d'échanges en ce début d'année.

La Roxana regarde la télé. Un couple marié extrêmement motivé émigre en Uruguay. Arrivé là-bas, il constate que c'est un pays en voie de développement et qu'on y parle espagnol. Bien qu'on soit en Amérique. Seigneur, donne-leur des cerveaux !

La Mémé fait des quenelles à la levure avec de la chapelure frite, miam ! Malheureusement, on ne peut pas vraiment en profiter parce qu'il faut se dépêcher, mon vieux. Le Papa et le Léopold imposent un rythme incroyable. Il ne te reste plus qu'à avaler toute la quenelle pratiquement sans mâcher et à te resservir.

À la fin, on a tous mal au cœur (sauf la Mémé et la Roxana) et on boit un petit schnaps. Ensuite, je raconte comme ça mon triple meurtre, l'affaire Neuhofer, pour que le Léopold fasse de grands yeux. Mais non, il se contente de ricaner et il bâille.

Par contre, la Roxana fait de ces yeux ! Et quand je veux aller aux toilettes, elle me chope dans l'entrée et me fourre sa langue dans la gorge que j'en reste baba.

Je suis obligé de lui demander : « Eh, ça va pas ?

— Allons, Franz, il faut te daitendre davantage, dit-elle en me suçant l'oreille.

— Je suis complètement daitendu, mignonne. Encore un peu et je pisse par terre. »

Elle pouffe de rire et je la pousse de côté.

« Rabat-joie ! » me murmure-t-elle.

Les jours suivants, je reprends mon enquête et parviens à des résultats remarquables. Par exemple, j'ai noté bien sûr après l'accident de Neuhofer le nom du garage qui figurait sur la plaque d'immatriculation à l'arrière. Là-bas, j'apprends que Neuhofer a commandé l'Audi en août.

Ensuite, une visite à l'Inspection du travail et au centre de contrôle technique m'informe que le mousqueton qui a aplati comme une crêpe l'aîné des Neuhofer était rouillé ; complètement rouillé et bon pour la casse. Et qu'il avait juste été repeint d'une couche d'antirouille Hammerite et repoli pour avoir l'air neuf. Malheureusement, je ne peux joindre personne à l'entreprise de grues, ni au téléphone ni physiquement. Seul un berger allemand relativement agressif se trouve là-bas, et il m'aurait bien mis en pièces si je n'avais fait un tir de semonce.

Je me rends aussi avec Louis II dans le coin de forêt où la vieille Neuhofer s'est pendue. Ou plutôt où le jeune Neuhofer a pendu sa vieille mère, maintenant j'en suis sûr. Bien que, je dois dire, je n'aurais pas cru ça de Hans. Hans a toujours été un taiseux, un... comment dire... ? Oui, peut-être pas le plus futé de tous, disons l'idiot du village peut-être. Donc, je n'aurais jamais cru ça de lui.

Mais restons circonspects !

Il y a une foule de traces de voitures sur place parce que ce coin de forêt est volontiers utilisé pour des rendez-vous galants. Donc, aucune chance de trouver quoi que ce soit de valable. Mais passons. Le fait est, en tout cas, que Hans a amené ici sa pauvre mère en voiture. Puis il l'a pendue. Je suppose qu'elle était tellement droguée aux antidépresseurs qu'elle n'a rien senti. Peut-être même qu'elle a trouvé ça bien, qui sait. En tout cas, elle était morte après. Exactement comme le frère Neuhofer et le père Neuhofer !

6

Je suis perdu dans mes pensées quand la Ferrari arrive péniblement dans la neige. Avec le bonnet et un inconnu. Un homme, un mètre quatre-vingts, blond, mince, pas sympathique.

Elle le présente : « Klaus, un ami architecte. »

Aha.

Elle me présente : « Franz, un ami policier. » Parfaitement.

J'apprends alors qu'elle a l'intention de faire faire quelques travaux au domaine Sonnleitner. Et le mec pas sympa doit l'aider du point de vue architectural. Nous faisons quelques pas jusqu'à sa voiture. Eh bien mon vieux, c'est un bavard, je te dis pas. Il est natif de Leipzig et rien que son dialecte est passible de préjudice moral.

Quand je rentre, la Mémé est tout excitée : chez Deichmann*, ils font trois paires de chaussures pour le prix de deux ! Alors, on file chez Deichmann avec le Papa.

Sur le parking, pas une place libre en vue. Visiblement, tout un chacun a un besoin urgent de trois paires de chaussures neuves.

Le Papa et la Mémé descendent, je fais quelques tours de parking. Je finis par me garer et joue des coudes dans l'entrée bondée du magasin. Des chaussures partout où tu regardes. Tu ne peux pas mettre un pied devant l'autre sans piétiner une savate.

Tout au fond, la Mémé. Non que je la voie, mais je l'entends. La vendeuse essaye d'expliquer avec force gestes et une patience d'ange au Papa et à la Mémé que, avec cette promotion, c'est la paire la moins chère qui est gratuite. La Mémé ne veut rien savoir. Elle veut avoir la plus chère pour rien.

Doux Jésus !

La vendeuse en a assez vite marre et file se chercher un autre client. La Mémé aussi en a bientôt marre, elle met trois cartons dans les bras du Papa et va à la caisse. Elle en paye deux et elle est contente. Sur les boîtes, il est marqué taille trente-six, quarante et un et quarante-deux. Maintenant, le Papa, la Mémé et moi avons tous les trois les mêmes Moonboots rouges. Le Papa aussi est content : à cheval donné, on ne regarde pas les dents.

Le soir, la chorale des enfants passe et chante. C'est-à-dire qu'ils viennent et font semblant de chanter. Je vois ça par la fenêtre. Ils se tiennent devant la Mémé et remuent seulement les lèvres. Parce qu'ils savent que la Mémé n'entend rien. Mais ce qu'ils ne savent pas, c'est que la Mémé remarque tout de suite quand quelqu'un fait semblant. Elle le remarque rien qu'au souffle. Parce que, bien entendu, ce n'est pas la même chose quand on chante et quand on remue seulement les lèvres. Alors elle file un coup de pied dans le tibia d'Ignace-Fyn qui se met à chanter, et plutôt deux fois qu'une. À la fin, elle leur donne une toute petite pièce et les garçons matérialisent à la craie leur passage au-dessus de la porte*.

Le lendemain, je rencontre enfin le propriétaire de l'entreprise de grues. Elle s'appelle Gruewall SARL pour « grues » et « Wallner », le nom du propriétaire. Wallner fume devant une caravane qui se révèle être son bureau. Le berger allemand est devant lui, puis derrière lui quand il me voit. Wallner est un homme au visage grêlé, le genre de mec qui traîne dans les casses, et me regarde en plissant les yeux.

« Qu'est-ce que vous voulez ? demande-t-il.

— Voir le grutier, dis-je. Et les papiers d'identité. Les vôtres et ceux du grutier. »

Il me donne sa carte d'identité et je prends note.

« Le grutier devrait être là dans quelques minutes », répond-il. Je peux attendre.

« Je voudrais savoir : les mousquetons, qui les change et quand ?

— Les grutiers le font eux-mêmes, au feeling. » Au feeling, donc.

« Et où sont stockées les pièces de rechange ? »

Du menton, il désigne un endroit devant lui.

« Bon ! » Et nous traversons la cour pour aller juste en face, vers un vieux baraquement. Il y a là bon nombre de caisses, dont une avec des mousquetons.

« Ils sont tous neufs ?

— Tous neufs, opine-t-il, la clope au bec.

— Il faut que je les saisisse, dis-je.

— Si vous voulez. »

Il hausse les épaules, et nous traînons ensemble la lourde caisse jusqu'à la voiture.

Puis arrive le grutier. Skender Gashi. Un Albanais. Maintenant, il faut savoir que les Albanais s'appellent tous Gashi. Bon, peut-être pas tous. Mais disons qu'un Müller, un Meier ou un Huber allemand est un Gashi albanais. Ce M. Gashi ne comprend pas un mot d'allemand, dit-il, et le visage grêlé acquiesce. Je convoque Gashi pour le lendemain à mon bureau et prévois un interprète. Maintenant, il faut savoir aussi que Gashi a l'air d'avoir cent ans de pénitencier derrière lui et que, d'après mon expérience, le degré de véracité d'une déposition albanaise n'est pas terrible.

Le soir, chez Wolfi, la Ferrari est là avec son Klaus de RDA. Flötzinger aussi, et vexé par la concurrence, la mine sombre. Il dit qu'il a déjà fait connaissance de l'enfoiré aujourd'hui. En installant le chauffage. Et que c'est un kéké incroyable, qui sait tout mieux que tout le monde. Après coup, je dois lui donner raison, à Flötzinger. Parce que, en effet, le Klaus nous a ouvert les yeux sur la vraie vie, mon vieux ! C'est comme ça qu'on a appris que les cabanes en torchis d'autrefois étaient bien mieux isolées que toute maison isolée d'aujourd'hui, que le réchauffement de la Terre venait de l'industrie du tabac, que le Vatican était dirigé par la mafia et que Merkel était téléguidée, pas vraiment un être humain mais un robot américain directement programmé depuis la Maison-Blanche. Obama est assis là-bas, la télécommande à la main et…

C'est drôle comment il le raconte, on est obligé de rire. Mais c'est aussi énervant parce qu'on n'a pas envie de l'aimer.

Quand il veut encore nous raconter que, selon toute vraisemblance, la Terre est réellement un disque, on rentre.

Je ne peux malheureusement pas m'endormir parce que Louis II a des gaz, je te dis pas. J'ouvre la fenêtre et la referme, j'ouvre la fenêtre et la referme, puis vient le moment où je capitule. Je dors donc la fenêtre ouverte et me réveille de bon matin avec une double bronchite.

Super.

Je me traîne chez le médecin puis à la pharmacie et j'arrive quand même au bureau juste à temps, avant l'arrivée de l'interprète. Il s'appelle Gashi (qu'est-ce que je disais), il a l'air d'avoir cent ans de pénitencier derrière lui, n'a aucun lien de parenté avec la famille et la belle-famille du grutier, d'après sa déposition.

Le Gashi arrive vingt-cinq minutes plus tard ; l'autre, le grutier. Ils se saluent et je commence.

Ça se déroule comme ça : chaque question de cinq mots est suivie d'un véritable flot de paroles albanaises. Cette langue est tellement riche, au moins dix fois plus que la langue allemande. Incroyable. Et ce qui est tout aussi incroyable, c'est qu'ils n'arrêtent pas de ricaner entre eux. Surtout quand ils me regardent.

À un moment, j'attrape l'interprète par le col.

« Qu'est-ce que t'as à toujours rire, mon vieux ? Et qu'est-ce qu'il te raconte de beau, le grutier ? »

Me voilà avec un couteau sous la gorge.

Je sors mon arme et on peut continuer.

Je le tiens dans ma ligne de mire et il finit par traduire.

Ma première question est : « Qui prend les mousquetons dans les caisses ? »

Épargnons-nous ici la version albanaise.

« Je le fais moi-même.

— Et quand ?

— Chaque fois que j'en ai besoin.

— Est-ce qu'il y a des pièces de rechange dans la grue ?

— Oui, j'en ai toujours deux ou trois.

— Qui viennent aussi de la caisse ?

— Et d'où, sinon ?

— Hé là ! »

Un petit coup d'œil à l'arme, au couteau, on continue.

« Quand est-ce que les mousquetons sont contrôlés ?

— Après chaque intervention.

— Et par qui ?

— Ben, par les grutiers. Ou vous croyez qu'on a une commission de contrôle ? »

L'interprète traduit en ricanant, espèce de trouduc.

« Combien de temps la grue est restée sur le terrain de l'entreprise depuis la dernière intervention ? »

Il réfléchit, assez longtemps, se creuse les méninges et finit par dire : « Trois jours.

— Et qui y avait accès ?

— En fait, tous ceux qui n'ont pas peur de Gorbatchev. »

Magnifique : voilà que la politique s'en mêle, maintenant !

« Qu'est-ce que Gorbatchev vient faire là-dedans ? dois-je demander alors.

— Le berger allemand. Je veux dire qu'en fait tout le monde a accès au terrain de l'entreprise, tous ceux qui n'ont pas peur du berger allemand. »

Le berger allemand, donc.

Personne n'a besoin d'avoir peur du berger allemand avec un flingue.

Ou une saucisse. Ben oui !

Non, bref, ce que je voulais dire en fait, c'est que le mousqueton avait l'air neuf, n'importe qui aurait pu l'échanger et l'albanais est une langue vraiment affreuse.

Maintenant, il faut l'avouer, je suis vraiment malade, je tousse et je tousse comme pas permis et je me dépêche de me traîner jusqu'aux bureaux de la mairie.

La Susi lâche : « T'en as une tête ! » et prend ma température avec sa bouche.

Là, je dois dire rapidement que, premièrement, Susi est une de nos dames de l'administration et, deuxièmement, mon premier amour.

Ou une amourette.

Ou disons qu'elle m'a tout appris. Oui, c'est elle. Avec toutes les embrouilles qui vont avec. De temps en temps, quand ça nous prend, on tombe encore l'un sur l'autre.

Mais pas aujourd'hui, à cause de la double bronchite. Aujourd'hui, ça reste plutôt professionnel.

« Eh, Susi, sais-tu où habite Hans Neuhofer depuis qu'il a cédé la maison de ses parents à l'OTM ?

— Oui, bien sûr que je le sais », acquiesce Susi. Elle ajoute : « Hans a un logement à Landshut. » Elle tape quelque chose sur son ordinateur. « Attends, je te note l'adresse. Tu feras un saut chez moi aujourd'hui ? Comme ça, je pourrai te soigner un peu, ronronne-t-elle, et elle me donne le bout de papier.

— Non, dis-je. C'est la Mémé qui me soigne. Je te fais signe quand je suis à nouveau bon à quelque chose. »

À la maison, la Mémé me soigne et elle le fait bien. Parce que, après des années d'expérience avec trois hommes (ne pas oublier le Léopold, et lui c'était une vraie couille molle, incroyable), donc après cette expérience, elle sait bien ce dont on a besoin dans un tel cas : un cataplasme et une tisane, quelques couvertures de laine, une bouillotte, un thermomètre, du lait chaud avec du miel, deux ou trois petits pains cuits à la vapeur avec une sauce à la vanille, du vin rouge avec un jaune d'œuf, une bière chaude pour passer unc bonne nuit. C'est aussi simple que ça ! Et dès le surlendemain tu es à nouveau en forme, complètement guéri.

Deux jours plus tard, je me rends au nouveau domicile de Neuhofer : Landshut, centre-ville, arrière-cour, un logement d'une pièce et demie au premier étage. Dès qu'il m'ouvre la porte, la nervosité le gagne. Il me demande ce que je veux et je le pousse de côté.

Aménagement sommaire, pratiquement inexistant. Un matelas au sol, des cartons innombrables. Je jette un coup d'œil, mets en route mon dictaphone et demande à Neuhofer quand il a pris la décision d'exterminer sa famille. Il me demande si je disjoncte et rit. Nerveusement, tu vois. Je poursuis l'interrogatoire et j'interroge, j'interroge. Sans résultat. Parce que Neuhofer ne fait que dire qu'il n'a tué personne, c'étaient tous des accidents. Tragiques, naturellement, mais c'est comme ça, il n'a rien à voir là-dedans et basta.

En passant par le commissariat de Landshut, je donne les mousquetons saisis à vérifier. Un collègue m'aide à les transporter. Je le connais d'avant, de mon époque torride à Munich, lui aussi ils l'ont muté. On se taille une bavette et ensuite il faut que je rentre. Ce soir, la Mémé fait un rôti aux pommes de terre pour le Léopold. Parce que c'est son anniversaire aujourd'hui. Le Papa voudrait qu'on l'accueille dans la cour. Alors, quand la voiture arrive, nous sommes tous les trois à la porte, dans nos Moonboots rouges, quasiment en comité d'accueil. Le Léopold ne se tient plus de rire et je suis content de ne pas être armé.

Maintenant, je dois dire que toutes ces recherches m'occupent pas mal. Parce que d'habitude, c'est plutôt calme dans mon travail. De loin en loin un accident de la circulation, un homme qui tabasse sa femme, sinon c'est plutôt calme. Et maintenant un triple meurtre ! Stressant, je te dis pas. Je ne peux pratiquement penser à rien d'autre. À tel point que je fais mon tour en ayant oublié Louis II à la maison. Il ne me faut que 1-12 parce que premièrement, je n'ai pas eu besoin d'attendre que Louis II vide ses tripes, et que deuxièmement, j'ai remarqué à 38 que je l'avais oublié. Après, mon vieux, j'ai tracé ! Mais c'était déjà trop tard. Car Louis II est un psychopathe en la matière : quand il s'est cassé l'arrière-train il y a deux ans, tout le monde était aux petits soins pour lui, et bien sûr ça lui a vachement plu. Il a très vite compris le numéro avec la patte. Dès qu'il boite, tout le monde se fait un sang d'encre et il jouit sans vergogne de l'attention générale. Depuis, il se met à boiter, Louis II, quand il se sent délaissé.

Donc, je rentre et il boite déjà, il boite dans la cour et me fait une tête pleine de reproches, le pharisien. Alors je refais encore une fois ce putain de tour, 1-28 cette fois, parce que je suis complètement crevé.

Au retour, il fait déjà noir comme dans un four. Sur les derniers mètres, on croise Neuhofer avec sa trottinette Peugeot. Lui, je le vois à peine à cause de l'obscurité. Mais cette pétarade est connue dans tout le village. Et c'est son chemin, ou du moins ça l'était tant qu'il vivait ici : du club de foot les Rouge-et-Blanc de Niederkaltenkirchen, son deuxième chez-lui, jusqu'à sa maison. Il prenait toujours le chemin par la forêt quand il avait trop picolé après l'entraînement de foot. Et je suppose qu'il aime bien faire ce détour sur son nouveau trajet de retour, pour pouvoir continuer à picoler.

Oui, il faut le dire, c'est incroyable comme il joue bien au foot. Pratiquement un but à chaque tir. Bien qu'il lui soit déjà arrivé de se tromper, de but, je veux dire. Surtout après la mi-temps. Ça a toujours posé problème. Après la mi-temps, tu pouvais parier que le Hans allait mettre un but contre son camp. Il n'avait jamais pu se rentrer ça dans la tête : mi-temps-changement de camp.

Oui, comme je l'ai déjà dit, ça n'a jamais été le plus futé. Mais un jour, les supporters des Rouge-et-Blanc se sont postés derrière leurs buts, et à chaque fois que Hans attaquait, ils criaient : « Nooooon ! » Il a fini par comprendre, Hans. Et voilà que si j'en crois mes yeux (ou mes oreilles, parce que je ne l'ai pas vu), il lui faut de nouveau rouler avec sa trottinette. Je suppose que son Audi-OTM flambant neuve est en réparation au garage.

Quand je rentre, Flötzinger est là avec sa facture pour le chauffage. Il est là dans l'entrée en jogging Abidas, avec ses gigantesques panards, et bavarde avec le Papa. Je regarde le montant et les yeux me sortent de la tête.

Je lui crie : « Je vais te flinguer, espèce d'égorgeur !

— Fais voir ! dit le Papa, et il me prend le papier des mains. Oui, ajoute-t-il, flingue-le ! » Et il s'en va.

Flötzinger ricane et je lui demande s'il va chez Wolfi boire une bière. Parce que, après trois heures de marche dans la forêt, la soif se fait sentir.

« Non, je ne peux pas, je vais voir Mary. » Et j'apprends qu'il doit rentrer à cause de « Aimez-vous et multipliez-vous ! ».

« Parce que la Gisela Simmerl a raconté à Mary la soirée de la Saint-Sylvestre, que j'ai dragué la Ferrari, que c'en était un vrai plaisir. Mais Mary n'a pas trouvé ça très plaisant. Après avoir cassé toute la vaisselle en mille morceaux et fait tomber la pression, en quelque sorte, elle a arraché sa chemise de flanelle et elle est devenue aussi chaude qu'une chatte en chaleur. »

C'est comme ça qu'il l'a raconté, le tocard de plombier. Et maintenant, il est au paradis et il peut s'en donner à cœur joie toute la nuit.

Oui, il semble qu'il y ait du vrai là-dedans : la concurrence est bonne pour les affaires.

Alors je passe tout seul chez Wolfi, et là je tombe sur la Ferrari qui boit un prosecco. Wolfi se l'est procuré exprès pour elle, il dit, et elle est contente. Ellc boit donc son prosecco et raconte que ses vacances sont finies et qu'elle doit rentrer à Munich.

« Je reviendrai les week-ends parce qu'il faut terminer les travaux petit à petit. Vous comprenez, mes parents viennent cet été du Québec. D'ici là, il faut que ça soit prêt », dit-elle.

Alors arrive l'architecte de RDA. Je me tire avant qu'il fasse ses démonstrations à la « c'est pas sorcier » et son numéro d'histoires drôles.

7

Le lendemain, je commence par aller au tribunal d'instance à Landshut. J'ai besoin d'un mandat de perquisition pour Neuhofer, pour la maison, avant que l'OTM ne la démolisse, et pour la centaine de cartons de son nouveau logement. Là, je dois le dire, le juge Moratschek en charge de l'affaire est un brave type. Il est gravement accro au tabac à priser, il a toujours sur le visage quelques brins d'une prise de Gletscher* et il parle comme si on lui avait agrafé le nez à cause de ses muqueuses foutues. À part ça, comme je l'ai dit, un brave type. Nous sommes assis là dans son bureau et je lui explique mon triple meurtre.

« Mon cher Eberhofer, ne croyez-vous pas que vous vous enferrez ? Regardez, excepté le fait que Neuhofer a une nouvelle voiture, nous n'avons rien. Et ce n'est pas répréhensible, hein. Tout le monde a le droit d'avoir une nouvelle voiture », dit-il, et que je te prends une prise.

Je demande : « Mais trouvez-vous normal que trois des quatre membres de la famille passent par pertes et profits en l'espace de quelques semaines ?

— Normal ! Que signifie normal ici ? Croyez-vous donc vraiment qu'il y ait quelque chose de normal dans mon activité quotidienne ici ? » demande-t-il.

Ensuite, il me serre la main et me dit de revenir quand j'aurai quelque chose d'utilisable.

Après ça, je vais chez Neuhofer. Malheureusement, il n'y a personne. Je prends le chemin du retour et, peu avant l'entrée de Niederkaltenkirchen, il arrive en sens inverse avec sa nouvelle Audi A8. Je fais demi-tour et je le suis. Quand il me voit, il accélère et décampe, incroyable.

Gyrophare et sirène.

Peu avant Landshut, il doit ralentir, et là je l'ai presque. Ils ont construit un rond-point, impeccable, car tout le monde peut rouler et personne n'attend au feu. Il s'engage, Neuhofer, et n'en sort plus. Il fait tour après tour, je le suis, je commence à avoir le tournis et tout d'un coup il n'est plus là. Il me faut encore un peu de temps à cause du tournis avant de sortir aussi. Malheureusement, je ne sais pas quelle direction il a prise, alors je rentre au bureau. Cette fois, il ne va pas y couper. J'appelle aussitôt Moratschek mais n'arrive pas à le joindre, parce qu'il est en audience. Je dis à la femme au téléphone qu'il doit me rappeler de toute urgence.

Il ne rappelle pas, le juge, contrairement au double Dr Spechtl. Parce que le bon spécialiste se fait du souci.

« Vous comprenez, il m'est venu aux oreilles que vous enquêtiez. Dans une affaire sans fondement, en l'occurrence. » Et que j'aurais menacé de mon arme un interprète sans défense, de la manière la plus agressive qui soit.

Et il me ressort ses vieilles rengaines. Que je ne veux pas finir comme le Rudi Birkenberger, il dit. Et si je veux en parler, il est jour et nuit à ma disposition, le Spechtl. Je n'ai qu'à passer un petit coup de fil. « Ne vous gênez pas ! » Et puis il raccroche.

Cette affaire commence à me taper sérieusement sur le système et je prends la route du retour. En chemin, je casse vite fait la fenêtre de la cave de la maison Neuhofer et je jette un coup d'œil à l'intérieur. Comme ça va être démoli de toute façon, on n'en est pas à une vitre près, je me dis. À l'intérieur, on se croirait chez les cochons, j'en suis saisi d'horreur. De fait, la seule solution, c'est la démolition. La vieille Mme Neuhofer se retournerait dans sa tombe si elle voyait ça. Tout ce qu'on peut s'imaginer est par terre. Ce n'est pas la peine de commencer à chercher, j'en aurais jusqu'à ma retraite, et encore. Alors je rentre.

Mon téléphone de fonction sonne dans la nuit, Neuhofer au bout du fil. Il aurait été cambriolé et demande si je peux venir voir.

Super !

J'y vais donc avec Louis II et on entre. C'est comme tout à l'heure, sauf que Neuhofer pleure.

Je me demande comment on peut pleurer de la sorte pour une vitre cassée à une fenêtre de cave, mais bon. Je jette un coup d'œil, prends quelques notes pour faire pro.

Ensuite je dis : « Alors raconte, Hans. Est-ce que quelque chose n'est pas comme d'habitude ? »

Il me fixe de ses yeux humides, se mouche dans sa chemise et me demande si je débloque. Ça, je ne le sais pas, mais il y en a un de nous deux qui débloque.

« Tu crois vraiment que chez nous ça ressemble à ça normalement, espèce d'idiot ! dit-il.

— Non ?

— Non ! »

Tiens, tiens.

Je demande pour changer de sujet : « Et pourquoi tu t'es cassé aujourd'hui quand je t'ai vu ? Avec ta superbe voiture neuve ? » Ce faisant, je fourrage du pied dans le chaos par terre. Peut-être que je vais trouver quelque chose d'utile.

Et alors, incroyable comme Neuhofer se met soudain à crier : « Je commence à en avoir ras le bol de ta putain d'enquête, tu comprends ! En peu de temps, j'ai perdu toute ma famille. Tu ne crois pas que c'est plus qu'assez ? Il ne me manque qu'un flic de merde débile vienne me les casser ! Alors maintenant, enquête plutôt pour savoir qui a mis la baraque dans cet état. Et… euh, va te faire voir ! »

Oui, il parle comme ça, Neuhofer.

Je lui dis alors de commencer par se calmer, nous reprendrons ça lundi de bonne heure.

Parce que maintenant c'est le week-end et que je ne peux rien faire de toute façon. On barricade la fenêtre tant bien que mal et on rentre.

Mais c'est quand même bizarre. Qui aurait un mobile pour s'introduire chez Neuhofer, dans une maison vouée à la démolition où il n'y a plus rien d'intéressant ?

8

Samedi, je commence par téléphoner à Rudi Birkenberger. Parce que les propos de Spechtl m'ont contrarié, et sacrément.

« Vous ne voulez tout de même pas finir comme Birkenberger ? » a-t-il demandé. Comme s'il allait passer l'arme à gauche. Donc je l'appelle et il n'en est rien. Au contraire, il va vachement bien, dit-il, et il me demande aussitôt si je viens à Munich. Parce qu'aujourd'hui il pourrait se libérer.

Aussitôt dit, aussitôt fait.

Bien que ça me débecte un peu, je dois le dire. Parce que, en effet, la Mémé fait aujourd'hui une goulasch. Et je planterais bien le Rudi pour une goulasch de la Mémé. Mais ça se réchauffe merveilleusement le lendemain et c'est encore meilleur.

Donc, je vais à Munich et retrouve le Rudi au troquet du coin où on allait autrefois. Le patron se souvient de nous, est ravi de nous revoir et offre aussitôt sa tournée. Mon vieux, il a fière allure, le Rudi ! Et on mange saucisses et choucroute.

Il raconte qu'il est détective dans les grands magasins, chez Hertie* et Media-Markt, et qu'il a des réductions phénoménales. Je suis content que la Mémé ne l'entende pas, sinon elle vendrait tout et emménagerait chez Birkenberger. Je lui demande comment c'était en taule, parce qu'on sait bien que la vie n'y est pas rose pour les policiers. Le Rudi répond : « Impec. Quand tu éclates les couilles d'un gars au pistolet, flic ou pas, t'es un héros de toute façon. Au fait, le baiseur de gamins a joué le malade mental. Mais peu avant son transfert de Stadelheim en psychiatrie, il a volé dans les escaliers de manière incompréhensible, incroyable mais vrai ! » dit le Rudi en ricanant.

Au cours de la soirée, on en vient évidemment à mon triple meurtre et il écoute toute l'histoire avec beaucoup d'attention. Bien sûr, je précise que je n'ai aucun soutien de la part de Moratschek et que Spechtl m'a appelé. Que les deux sont d'avis que je me fais des films.

« Bon, et qu'est-ce que toi, tu crois, Franz ? demande le Rudi. Qu'est-ce que tu crois avoir comme réputation auprès de tes chefs ? Est-ce que tu y as déjà réfléchi, hein ? Tu te traînais dans Munich comme un dingo. Tu as menacé de ton arme tous les automobilistes en stationnement illicite. Et le Chinois qui voulait te demander son chemin, quand tu l'as jeté par terre et que tu lui as crié "les mains dans le dos !"... Pourquoi tu crois qu'ils t'ont envoyé à la campagne ? Pour faire la circulation. Là où il n'y a même pas de circulation », dit-il comme ça, et il finit sa bière d'un trait.

Je n'avais pas encore vu les choses sous cet angle.

C'est un coup dur, je le reconnais. On prend congé parce que je ne suis plus d'humeur et on se promet de rester en contact.

À mon réveil le lendemain, Flötzinger est devant moi et me balance une enveloppe sur le lit. Je demande ce que c'est et il dit : « La nouvelle facture » !

Là, je suis obligé de rire.

« La Mémé est venue te voir ? » je lui demande comme ça.

Oui, la Mémé est venue le voir. Hier. Il faut peut-être que j'explique rapidement : donc, la Mémé n'est pas seulement ma Mémé mais la Mémé de tout le village. Quand j'étais petit, ça allait et venait chez nous et mes copains étaient toujours bienvenus. Ceux du Léopold l'auraient été aussi, mais il n'en avait pas. En tout cas, il y avait toujours chez la Mémé un petit morceau de gâteau et un verre de limonade. Tout le monde l'aimait bien, il faut bien le dire, et inversement elle aimait aussi tout le monde.

Sauf, et c'était le hic, si quelqu'un jouait un tour à l'un d'entre nous. Alors là, fini l'amitié, mon vieux ! Tu touchais à un seul cheveu du Franz et, d'un coup de pied, la Mémé te fracassait les tibias, avant que tu aies le temps de dire ouf. Oui, et rien n'a changé depuis. Maintenant Flötzinger a des bleus aux tibias, j'ai donc une nouvelle facture, et ce tocard de plombier-zingueur-chauffagiste n'en sera pas plus pauvre pour autant.

Le soir chez Wolfi, je rencontre la Mary et la Gisela, à la table réservée aux femmes*. Je bois une bière au comptoir et, comme il n'y a personne d'autre, j'écoute leur conversation. La Mary n'en finit pas de se lamenter parce que Ignace-Fyn, à maintenant huit ans, fait encore au lit. Et elle en a marre de changer ces putains de draps tous les jours. La Gisela lui dit que c'est pareil chez elle, vu que son Max est en pleine puberté. Et du coup elle doit sans arrêt changer ses draps. J'en ai assez de ces histoires de gosses peu ragoûtantes, je vide mon verre et rentre à la maison.

Le lundi matin de bonne heure, j'attends comme convenu Neuhofer. Assis dans mon bureau, à ma table derrière les dossiers, je réfléchis. Neuhofer arrive en retard, plutôt de mauvais poil, et demande si j'ai du nouveau sur le cambriolage.

Du nouveau ! Le week-end !

Je lui dis : « Rien », et je lui demande du tac au tac comment il a payé l'Audi.

« Ben, avec de l'argent », répond ce petit con prétentieux en ricanant. Je sors mon arme de l'étui et la pose devant moi sur la table. Alors Neuhofer explique qu'il a pris un crédit pour la voiture. Au moins au début. Maintenant que l'OTM lui a monnayé son héritage, il peut payer la voiture comptant.

« Il me faudra le dossier de financement », dis-je.

Ensuite je veux savoir où il était quand son père a été électrocuté.

« Juste à côté, dit Hans.

— Comment ça, juste à côté ? je lui demande.

— Ben oui, il était à genoux devant la cuisinière et moi juste à côté. Qu'est-ce que tu ne comprends pas là-dedans ?

— Et pourquoi tu t'es agenouillé juste à côté, si ce n'est trop te demander ?

— Peut-être parce que je lui passais les outils. »

C'est lumineux.

« Et quand ta maman s'est pendue dans la forêt, hein, t'étais où ?

— Au lit, parce qu'elle s'est pendue à quatre heures du matin.

— Eh ho, déjà qu'elle ne pouvait pas sortir toute seule dans la rue en plein jour tellement elle avait peur... Là, elle se traîne complètement stone en pleine nuit dans la forêt et elle se pend ? Tu ne me feras pas croire ça !

— Si, parce que Maman avait peur des gens, tu comprends ? C'est pour ça qu'elle ne sortait plus de la maison. C'est tout. Et à quatre heures du matin, y a personne dans les rues, pigé ? »

Il commence à monter le ton.

« J'ai besoin de tes empreintes, dis-je parce qu'il ne me vient rien d'autre à l'esprit.

— Va te faire foutre ! Tu es fou ! Il faut t'enfermer ! » crie Neuhofer, il se lève et va à la porte.

Je lui rétorque : « On verra bien lequel de nous deux il faut enfermer ! »

Après son départ, je commence par aller chercher un café chez Susi et on cause un peu. Puis je retourne à mon bureau et mets de l'ordre dans mes idées. C'est quand même un stress incroyable d'élucider un triple meurtre. Et puis ce cambriolage bizarre. Tout ça n'a aucun sens, me dis-je en réfléchissant. Je réfléchis et réfléchis et voilà qu'arrive Simmerl. Donc, Simmerl arrive en compagnie de son pubère de Max et le pousse dans le bureau. L'ado a l'air quelque peu récalcitrant et renfrogné, son père lui en colle une sur l'arrière de la tête.

« Salut Franz, lance Simmerl. Mon petit Max a quelque chose à te dire. »

Max ne semble pas disposé à me dire quoi que ce soit. Il est là, le visage boutonneux, à regarder devant lui. Simmerl l'oblige à s'asseoir et dit : « Maintenant tu vas parler ! »

Max n'en a pas la moindre intention. Il garde les bras croisés sur la poitrine et fait la tête. Simmerl lui en colle une telle sur l'arrière de la tête qu'il en tombe.

Maintenant, il faut bien voir qu'il y a différentes sortes de gens. Tu en as à qui tu as juste besoin de tapoter sur l'épaule et ils savent tout de suite ce que tu veux. Tu en as d'autres qui ont besoin d'un grand coup sur la cafetière pour que ça marche. Max est plutôt du style coup sur la cafetière.

Donc Simmerl frappe et le boutonneux sort de sa veste en jean un tas de magazines pornos qu'il pose sur mon bureau.

Aha.

« Des magazines pornos, aha, dis-je. Mais tu sais bien, Simmerl, que la détention de magazines pornos n'est pas répréhensible chez nous.

— Dis où tu les as eus ! crie Simmerl, et pan, sur l'arrière du crâne.

— Dans la maison Neuhofer, putain », lâche le boutonneux à contrecœur.

Je suis obligé de demander : « Comment ça, dans la maison Neuhofer ?

— Alors... » Simmerl s'en mêle maintenant, il arrache le boutonneux de sa chaise et s'assied dessus. Penché vers moi, il dit :

« Le Max et deux ou trois copains sont rentrés dans la maison à démolir, tu comprends ? Rien de tragique, une blague de potaches, tout ce qu'il y a de normal mais autant que tu le saches. Pour pas que ça fasse des histoires après. »

Je m'adosse dans mon fauteuil. « Qu'est-ce que vous cherchiez là-dedans, Max ? »

Il hausse les épaules.

« Rien de spécial. Y avait rien là-dedans. Que des vieux meubles, des vieilles fringues et des vieux trucs. On a lu que la baraque allait être démolie et alors... »

Simmerl l'interrompt : « Une blague de potaches. Ils s'ennuyaient, hein, Max ? Et alors on a ce genre d'idées. Tu sais bien ce que c'est, Franz.

— Comment je le saurais ? »

Simmerl se lève et on ne peut s'empêcher de sourire tous les deux.

Et quand Max se met à ricaner, pan !

« Vous avez fichu un sacré souk, là-dedans », lui dis-je.

Il baisse la tête et hausse les épaules.

« Dis voir, Max, comment avez-vous réussi à rentrer ? »

Ça, il faut que je le sache.

« Mais la porte était ouverte. Enfin, pas complètement, mais pas fermée à clé non plus. On est passés normalement, par la porte d'entrée. Ce n'est pas répréhensible, si ? » murmure le boutonneux.

La porte était ouverte !

« Et quelqu'un d'autre a dû venir après nous », continue-t-il, plus du tout à contrecœur. Non, c'est sur un ton plein d'enthousiasme qu'il fait ce constat : « Ça devait être une vraie quiche : vous vous rendez compte, il a cassé la fenêtre de la cave, alors que la porte était ouverte ! »

Et il part d'un éclat de rire de pubère en rut.

Je le regarde et me rends à l'évidence : il n'est que boutons.

Alors les paroles de la Mémé me reviennent : « Lâche ton zizi, sinon tu auras des boutons, t'as pas idée ! »

Moi-même, je n'ai jamais été du genre à pratiquer la branlette avec passion. Et en voyant Max aujourd'hui avec ses magazines pornos, tout est clair et la Mémé a raison. Et là j'ai une pensée pour la pauvre Gisela et les montagnes de draps qu'elle doit laver.

« Bien, il n'y a rien de tragique, dis-je, parce que la maison doit de toute façon être démolie prochainement. Et les magazines pornos ne manqueront à personne. Mais ne recommence pas, mon p'tit gars ! »

9

Dès qu'ils sont partis, je vais chez Neuhofer. Je sonne à la porte et il ouvre, tourne les yeux dans tous les sens et me laisse entrer. Je suis là, devant ses cent cartons, à regarder autour de moi.

Rien n'a changé.

« J'ai réglé l'affaire, dis-je comme ça.

— Aha, dit Neuhofer. Je t'écoute ! »

Je lui raconte qu'il s'agit d'une histoire de gamins plutôt banale et que le butin se résume à quelques magazines pornos. Neuhofer ricane. Manifestement, il est très content que l'affaire du cambriolage ait été tirée au clair aussi facilement et aussi rapidement. Moi aussi. Alors je lui demande pourquoi cette fichue porte d'entrée n'était pas fermée à clé.

« Elle n'était jamais fermée à clé. Je sais pas pourquoi. Mais il y en a beaucoup au village qui ne ferment pas leur porte, pas vrai ? »

Il a raison, faut le dire.

« Dis-moi, pourquoi la fenêtre était cassée s'ils sont passés par la porte ? veut savoir le casse-pieds.

« Ça, je sais pas. Elle a dû se briser dans tout ce ramdam », dis-je comme ça.

Il acquiesce, compréhensif.

Je regarde encore autour de moi.

« Qu'est-ce qu'ils t'ont payé en fait pour la parcelle, ceux de l'OTM ? »

Il faut que je pose la question parce que ça ne me laisse pas en paix.

Le Neuhofer tourne encore ses yeux dans tous les sens.

« Cinquante mille, dit-il. Et de l'OTM je n'ai rien eu, que tu le saches.

— Comment ça, rien de l'OTM ? De qui d'autre ?

— D'une agence immobilière. Ça faisait un moment qu'ils étaient à fond sur le coup. »

Il a l'air un peu perdu maintenant. Il met les mains dans les poches de son pantalon et regarde par la fenêtre. « Le père ne voulait pas vendre. La mère, mon frère et moi, si. On aurait aimé aller ailleurs. Dans un endroit plus sympa et plus calme. Mais avec le père, aucune chance. Il avait eu tout ça de ses parents et il le transmettrait à ses enfants, c'est tout. Ce qu'ils en feraient lui était égal, comme il disait toujours. »

Cinquante mille. On n'assassine pas pour une telle somme. Encore moins sa propre famille, si atroce soit-elle.

Il est possible que Moratschek et Spechtl aient raison et que je me fourvoie. Il vaut mieux tout laisser en plan. Tout laisser en plan et voir ce que la Mémé a cuisiné.

« Sans rancune », dis-je à Neuhofer, et je rentre.

La Mémé n'a rien préparé. Je l'ai tout simplement oublié, ou disons refoulé, mais en ce moment elle fait de la pâtisserie. Pratiquement vingt-quatre heures sur vingt-quatre. Dr Oetker, à côté, c'est de la rigolade. Après-demain, en effet, c'est son anniversaire et pour ses quatre-vingt-cinq ans tout le village va débarquer comme pour ses quatre-vingts ans. Y compris le maire, le curé et le reporter gay du quotidien local. Il faut que je fasse de la place dans ma porcherie, parce qu'il n'y a que là qu'on peut mettre autant de personnes. Après, ça va sentir le vieux de maison de retraite pendant des jours, là-dedans.

Super.

Et jusqu'à ce que ce soit terminé, il n'y aura rien à manger.

Je chope Louis II et nous allons chez Simmerl. Quatre petits pains au fromage de foie pour moi et une saucisse pour Louis II. Après, on va faire notre tour et encore après, on va chez Wolfi. Parce que rentrer à la maison n'a maintenant aucun sens. Dans la cuisine, tu ne peux t'asseoir nulle part tant il y a de gâteaux, et de l'autre côté, dans la porcherie, le Papa est en train de dresser le couvert pour cent convives.

Je demande à Wolfi : « Qu'est-ce qu'on offre à quelqu'un qui ne veut rien ?

— Un appareil auditif ? suggère-t-il.

— La Mémé ne veut rien entendre, dis-je.
— Alors prends des fleurs, c'est toujours bien.
— Mais, Wolfi, avec toutes les fleurs que la Mémé aura en cadeau, on pourrait damer le pion à Mainau*.
— Alors je ne sais pas. Un parfum peut-être. Ou un livre », ajoute-t-il au-dessus de sa tireuse à bière.

Rien que de super idées, je dois dire. Je bois ma bière et rentre à la maison.

Le lendemain arrive un appel du commissariat de Landshut : je peux venir chercher les mousquetons, ils sont tous neufs. Il n'y en a aucun de rouillé ou de déjà utilisé ou quoi que ce soit de la sorte. Donc j'y vais et, sur le chemin du retour, je passe devant un salon de massage. C'est une bonne idée, ça. La Mémé aime bien quand je lui masse le dos. Donc, je rentre et j'achète à l'accueil un bon-cadeau. Ça me coûte une fortune, mais j'y tiens. J'achète encore une gentille carte et le cadeau est parfait. Maintenant, l'anniversaire peut arriver.

Et il arrive.

Tôt le matin, les premiers visiteurs venus féliciter la Mémé débarquent à la ferme. Je me dépêche de ramasser mon lit et les voilà qui envahissent ma porcherie. Un orchestre joue dans la cour et la voiture d'Interflora doit revenir à deux reprises car tout ne rentre pas en un voyage. On ne peut plus voir la Mémé au milieu de tant de gens, mais qu'est-ce qu'on l'entend bien !

« Mais ce n'était pas la peine ! » s'écrie-t-elle à chaque fois qu'elle arrache un cadeau des mains des visiteurs. La plupart sont vieux, moyenne d'âge Heesters*, parce que les plus jeunes sont encore au travail et ne passeront qu'en soirée. Tous entendent mal et se parlent comme si la guerre venait d'être déclarée. Je me joins à eux, présente mes félicitations et tends l'enveloppe avec le bon-cadeau.

« Un massage ! me crie la Mémé. Mais c'est merveilleux ! Tu crois qu'ils peuvent aussi enlever les cors aux pieds en même temps ? »

Ça, je ne sais pas et je dois aller travailler.

Quand je rentre le soir, la baraque est pleine, il ne reste plus une petite tranche de rôti roulé, que le brûlé de la choucroute et que du gâteau avec du sucre pour diabétiques. Je m'en prends un morceau et m'assois sur le canapé. Le reporter gay fait quelques photos et vient s'asseoir à côté de moi. Peu de temps après, la Roxana en dentelles noires s'assoit de l'autre côté. Bien que mes voisins ne me conviennent pas vraiment, je reste là. Parce que c'est toujours mieux qu'être parqué de l'autre côté sur les bancs, dans la sueur d'aisselles de mille ans d'âge.

Le reporter et Roxana s'entendent à merveille et après, quand je vais pisser, ils baisent comme des bêtes dans sa voiture. Il se peut qu'il soit bi, me dis-je, ou rien de tout ça. Ce ne sont peut-être que ses jeans serrés qui donnent l'impression qu'il est gay. Plus tard, la Roxana est assise sur les genoux du Léopold et il a l'air heureux. Elle aussi, pas à cause de Léopold probablement.

Jusqu'à une heure avancée, je dois reconduire chez eux les uns et les autres. Parce que si rester debout est déjà pénible, marcher devient problématique. Je les reconduis donc et tous sont super contents de traverser le village à toute vitesse avec gyrophare et sirène. Quand je rentre du dernier tour, la Susi est assise à côté du Papa et boit une bière. Je ne l'ai pas du tout vue auparavant, car elle était entourée de tous les invités. Elle se trouvait pour ainsi dire au milieu de la fête d'anniversaire. Je jette un œil sur la Mémé mais elle dort déjà. À mon retour, le Papa est parti et la Susi est allongée sur mon canapé. Ce qui n'est pas si grave. Elle sent un peu le Heesters mais sinon tout va bien. Vraiment tout.

En faisant mon tour quelques jours plus tard avec Louis II, on passe devant le domaine Sonnleitner. Mais ce n'est pas tout à fait un hasard. C'était plutôt voulu. On est samedi et je voulais voir si la Ferrari était là, vu qu'elle a l'intention de retaper peu à peu la maison les week-ends.

Pas de Ferrari, pas de Klaus de RDA, pas de bonnet.

Louis II se plante devant l'entrée avec des cris plaintifs. Je le rejoins, et mon regard tombe sur l'intérieur de la maison. Tout est exactement comme il y a des semaines. Je n'ai pas l'impression que des travaux de rénovation soient en cours. Bon, il y a des radiateurs, merci Flötzinger. Mais sinon, aucun changement. Je fais le tour de la maison, quitte à être là, et regarde aussi par les autres fenêtres. Elle a eu beau traîner un architecte jusqu'ici, non, il ne s'est pas passé grand-chose. Il faut vraiment que je lui demande quand elle sera de retour. En tout cas, à ce rythme-là, ils n'auront jamais fini pour cet été.

Sur le chemin du retour, je passe chez Flötzinger, peut-être en sait-il un peu plus. Je sonne et me recule de quelques pas pour éviter qu'un poil de chat ne me frôle. Il m'ouvre la porte, en jogging bleu-vert.

« Salut Franz. Rentre donc, je viens justement de faire du café, dit-il simplement.

— Non mais tu déconnes ! Tu crois que je me livrerais encore une fois à tes bestioles poilues ? » Il croise les bras sur la poitrine à cause du froid et vient vers moi.

Je lui demande : « Dis-moi, tu sais quand la Ferrari revient ? » Flötzinger a le sang qui lui monte à la tête, incroyable, et il m'entraîne un peu plus à l'écart.

« Chuut ! murmure-t-il de manière à peine audible. Tu es complètement fou ! Si la Mary entend ! Si elle capte la moindre petite chose sur cette femme, je peux faire mes valises et aller racheter de la vaisselle !

— D'accord, sais-tu quand elle revient ? » dis-je en marmonnant dans mon col.

Il fait non de la tête.

« Aucune idée, marmonne-t-il lui aussi dans mon col.

— Il n'y a encore rien eu de fait chez elle. À part ces fichus radiateurs peut-être. Sinon, rien du tout.

— Je ne sais rien, Eberhofer. Et maintenant, dégage ! »

Je demande encore : « Tu as déjà été payé ? » Après une petite hésitation, il finit par dire qu'il n'a même pas encore fait de facture.

« Pour moi, tu n'as pas fait autant de manières. Tu m'as envoyé ta facture tellement vite que je m'en suis tout de suite senti mal.

— C'est pour ça que tu m'as aussitôt envoyé la Mémé me sauter à la gorge, hein ? »

Je préfère m'en aller.

Le lundi matin de bonne heure, c'est enfin le rendez-vous du massage de la Mémé. La femme qui m'a confirmé le rendez-vous au téléphone est gentille et c'est probablement elle qui m'a donné avec un doux sourire le chèque-cadeau il y a quelques jours. Donc, j'embarque la Mémé en voiture et nous démarrons en trombe. Elle me pose encore la question des cors aux pieds. Parce que là où la Liesl Mooshammer va se faire masser, ils font aussi les cors aux pieds. Je lui réponds que je ne sais pas, mais qu'on trouvera bien une solution.

Arrivé là-bas, je descends aussi parce que je veux savoir quand je peux reprendre la Mémé. Et aussi bien sûr s'ils font les cors aux pieds. Nous rentrons et là il y a à nouveau cette gentille femme qui nous regarde. Mais cette fois, elle n'a pas une robe noire ajustée et les cheveux relevés mais des jarretelles rouges et une crinière ondulante, mon vieux, tu aurais vu ça !

Je ne pose donc plus la question des cors aux pieds mais demande plutôt si je peux récupérer mon argent. Au début, elle n'est pas vraiment d'accord, mais quand je lui montre mon insigne de police, il n'y a plus de problème.

La Mémé répète à plusieurs reprises « Beurk ! beurk ! beurk ! » en me donnant des coups de pied dans le tibia.

Liesl Mooshammer nous sauve en prenant rendez-vous séance tenante dans son salon. Pas de jarretelles, pas de crinière, juste une tignasse rousse et des taches de rousseur avec la promesse : « Les cors aux pieds, c'est ma spécialité ! »

Quand je reviens chercher la Mémé deux heures après, elle me déclare que c'était le plus beau de tous ses cadeaux d'anniversaire. Et maintenant elle a une carte d'abonnement : si elle vient neuf fois, la dixième est gratuite.

Le lendemain, la maison des Neuhofer n'est plus là. Rasée, passée au bulldozer, pratiquement raplapla. C'est un trou béant, là où il y a toujours eu une maison.

Ça fait drôle.

J'y vais avec la Mémé et on regarde ça, comme presque tous les habitants du coin. On se croirait à la fête du village et même Neuhofer est là, la mine un peu triste. Son Audi flambant neuve a l'air perdue à l'entrée du terrain et ce n'est que maintenant qu'on voit bien la taille de la parcelle. Qu'on se rend compte à quel point elle est grande.

« Cinquante mille, je crois qu'ils t'ont vraiment roulé ! » lui dis-je en passant.

Il hausse les épaules, monte dans sa voiture et démarre en trombe.

La Mémé discute avec tout le village et raconte à tout le monde comme on peut bien marcher sans cors aux pieds.

Plus loin, à l'écart, se tiennent deux types en costume, l'air terriblement important avec leurs porte-documents, l'un d'eux pendu au téléphone. Simmerl arrive avec son tablier plein de sang en secouant la tête.

« Une parcelle de rêve, hein ? Je n'aurais jamais cru qu'elle soit si grande. Oui, et l'emplacement ! À dix-sept kilomètres dans un sens et trente-deux kilomètres dans l'autre, pas une station-service. Ce sera une mine d'or, Franz. Il faut absolument que je fasse en sorte d'y placer mes petits pains à la saucisse ! » dit-il, avant de disparaître en direction des deux costumes.

Et puis la Mémé arrive et me crie de demander à Simmerl de nous réserver pour demain deux kilos de viande hachée, parce qu'elle est en promotion. Pour l'instant, Simmerl est en grande conversation et je dois attendre mon tour. Il parle aux deux hommes avec force gestes, ils n'arrêtent pas de faire oui de la tête. Finalement, ils se serrent la main. Simmerl a l'air plutôt détendu, je lui passe la commande de la Mémé et en repartant à la voiture, j'entends la conversation des deux costumes. « Ça va être une bonne affaire. Une mine d'or, croyez-moi ! » dit l'un.

L'autre répond : « J'y compte bien, cher collègue, vu le prix exorbitant du terrain ! »

Les mots me manquent à ce moment. Les prix ne sont sûrement pas très élevés ici, à la campagne. Mais cinquante mille pour cette grande parcelle et l'emplacement de la station-service, c'est honteusement bon marché : les deux doivent avoir un pet au casque.

Quand la Mémé et moi nous garons dans la cour, Papa écoute les Beatles. Pas aussi fort que d'habitude, mais quand même. Il chante les paroles d'une voix guillerette et fouille dans son coffre.

Je lui demande : « Pourquoi es-tu si gai aujourd'hui ? »

Et là, il me raconte qu'il s'apprête à partir à une manifestation. À une manifestation contre la station-service.

Là, il faut peut-être que j'explique rapidement que le Papa est un manifestant passionné. Peu importe le mot d'ordre. Il a manifesté contre l'aéroport de Munich et contre la centrale nucléaire d'Ohu*. Contre l'augmentation des prix du pétrole et contre la baisse du prix du lait. Il manifesterait contre le lever du soleil si quelqu'un l'accompagnait. Ce que je veux dire, c'est que Papa ne manifeste pas pour ou contre quelque chose. Mais il manifeste pour manifester.

Donc, il sort son vieux T-shirt de soixante-huitard du coffre, avec la tête de Che Guevara dessus, l'enfile et disparaît. J'arrête les Beatles et la Mémé nous poêle quelques escalopes.

Maintenant que j'ai laissé un peu reposer mon affaire, je commence à comprendre que le Neuhofer n'est pas l'assassin de sa famille. Ça n'aurait pas grand sens, si on réfléchit un peu : on ne fait pas de telles bêtises pour cinquante mille. Même si, bien sûr, la vente de la parcelle à ce prix est déjà en soi une bêtise. Une énorme bêtise, même. Je suppose que le Hans aurait pu demander deux ou trois fois plus. Mais, comme je l'ai déjà dit, il n'a jamais été très futé.

10

Quelques semaines plus tard, les derniers tas de neige ont fini de fondre dans la forêt et jonquilles et tulipes fleurissent déjà dans le jardin de la Mémé. Mais toujours pas de trace de la Ferrari. Je commence à me demander comment elle va y arriver. À terminer toute la maison avant l'été, pour l'arrivée de ses parents. Louis II et moi, on est repassés quelquefois devant, mais rien.

Par contre, je vois le Klaus de RDA. À la station-service. Oui, il faut bien le dire, la construction de la station-service avance à une vitesse incroyable. La Ferrari pourrait en prendre de la graine. À peine avaient-ils rasé la maison Neuhofer que les travaux ont démarré. Et dans trois jours, c'est l'inauguration. Incroyable. En tout cas, je passe justement devant, devant la station-service je veux dire, et il y a là le Klaus de RDA. Tout tranquille, il cause avec l'un des deux types qui étaient en costume il y a peu. Le temps que je fasse demi-tour et revienne, il est parti : remonté en voiture, il avait démarré en trombe.

Tant qu'à être là, je demande au costume ce que Klaus lui voulait.

« Puis-je vous demander en quoi ça vous concerne ? »

Oui, il peut.

« J'ai une enquête à mener ici, répondez simplement à ma question, dis-je en lui montrant mon insigne.

— Il a fait une bêtise, M. Mendel ?

— Qui est M. Mendel, exactement ?

— Vous êtes bon, vous ! Vous venez juste de m'en parler ! » dit le costume en indiquant de la tête la direction qu'a prise le Klaus de RDA sur les chapeaux de roues.

« Ah, M. Mendel, exact ! dis-je, et je sors mon carnet. Bon, et qu'est-ce qu'il vous voulait, ce M. Mendel ? »

Alors j'apprends que le costume est directeur de l'OTM et que le Klaus de RDA est une relation d'affaires.

Aha.

Je note, en prenant mon temps pour l'impressionner.

« Au fait, combien avez-vous payé la parcelle, ici ? »

Je ne sais pas trop comment j'en suis arrivé à poser cette question. Mais bon.

« Grand Dieu, dans quel genre d'affaires vous enquêtez ? Que signifie tout ça ?

— Répondez simplement à ma question. »

Cette réplique-là fait très pro.

Le costume ramasse son attaché-case par terre et se dirige vers sa voiture.

« Cinq cent mille, bon Dieu ! Et maintenant, laissez-moi tranquille », lâche-t-il entre ses dents, puis il monte dans sa voiture et le voilà parti.

Je dois m'asseoir un moment dans ma voiture de service pour reprendre mon souffle. Ensuite, je note par sécurité le numéro d'immatriculation du costume parce que, dans l'affolement, j'ai oublié de relever son identité. Et là, je commence à calculer : si Neuhofer a reçu cinquante mille et si le connard de l'OTM a payé cinq cent mille, quelque chose ne colle pas. Oui, quelqu'un a fait une grossière erreur. Soit l'un des deux ment, soit un troisième s'est bien foutu des deux autres et a maintenant tellement d'argent qu'il s'en tape les cuisses de joie.

Malheureusement, je ne peux me consacrer plus longtemps à cette idée parce que j'ai encore les mousquetons dans le coffre. Je dois les rapporter à l'entreprise Gruewall avant la fermeture. Je dis à M. Wallner que c'est bon pour les crochets et nous les traînons jusqu'au baraquement.

« Vous avez déjà pu trouver d'où venait le mousqueton trafiqué ? dit le visage grêlé avec la clope au bec.

— Non, j'enquête toujours.

— Ah oui, eh bien remuez-vous un peu. Parce que ce n'est pas très bon pour la réputation de ma société, vous savez ! »

Mais sur quel ton il me parle !

« Vous avez vu comment vous me parlez ? Contrôlez-vous un peu, mon gars ! Sinon, je ferme la boutique plus vite que tu ne le crois », dis-je, et je préfère m'en aller.

Le soir chez Wolfi je retrouve Flötzinger, ça faisait longtemps. Il a à nouveau le droit de quitter la maison maintenant que la Ferrari n'est plus là. On boit une bière, et on cause un peu. À un moment, je lui demande s'il a déjà été payé.

« Non, répond-il. J'ai fait la facture et après, je ne sais plus quand, j'ai envoyé la lettre de rappel. J'ai mis le tout dans la boîte aux lettres de la maison parce que je n'ai pas d'autre adresse. Mais si elle ne vient pas, elle ne peut pas non plus trouver son courrier.

— Peut-être qu'il lui est arrivé quelque chose... dis-je comme ça dans mon verre de bière.

— Peut-être », dit Flötzinger qui vide le sien.

Puis c'est l'inauguration de la station-service et, bien sûr, tout le monde est là. Simmerl avec un tablier étincelant de propreté apporte par tonnes des petits pains à la saucisse à l'espace-vente. Flötzinger porte aujourd'hui une cravate, c'est quand même lui qui a installé le chauffage. Même le conseiller régional est venu et dit quelques paroles inévitables dans un micro qui n'arrête pas de crachouiller. Les deux costumes sont là aussi et font les importants. Ils distribuent des bons de carburant aux enfants de clients potentiels. À la Mémé aussi, ils en donnent deux parce que, avec sa casquette bien enfoncée sur la tête, sa taille et sa parka, elle passe pour une enfant. Et elle est contente.

Neuhofer se tient à l'écart et je ne peux m'empêcher d'aller lui dire :

« Au fait, Neuhofer, tu sais combien l'OTM a payé pour votre parcelle ? »

Il fait non de la tête et me regarde, plein d'espoir. Je savoure un instant ma supériorité, puis je dis tout bas : « Cinq cent mille. »

Alors là, il se sent mal, le Hans. Ça se voit tout de suite.

Il me fixe, quasiment exsangue. Je n'ai encore jamais rien vu d'aussi pâle. À part peut-être les quenelles de pommes de terre de la Mémé. Et encore, ça dépend des pommes de terre. Les pommes de terre d'été sont beaucoup plus jaunes que les pommes de terre d'hiver. Et c'est pour cette raison que les quenelles sont plus claires en hiver. Exactement comme le Neuhofer. Oui, il a en ce moment exactement la même couleur qu'une quenelle de pomme de terre d'hiver.

Ensuite il se détourne et disparaît dans la foule.

Plus tard, le Papa et Simmerl se tiennent compagnie et Simmerl dit que c'est vraiment dommage que le Papa n'élève plus de cochons. Parce que nos truies avaient la viande la plus tendre de tout le canton. Le Papa dit que ça venait des Beatles.

« Parce que si les truies entendent de la bonne musique toute la journée, forcément, elles donnent de la bonne viande.

— Oui, c'est vraiment dommage », approuve Simmerl.

Le Papa dit alors, vraiment mélancolique, qu'il est trop vieux pour faire de l'élevage de cochons et que ses deux gars auraient soi-disant de bien meilleurs jobs maintenant.

Et puis, il commence à se rouler un joint et je crois que je vais avoir une attaque. Il y avait longtemps qu'il ne l'avait pas fait, ça lui arrive à chaque fois qu'il a un coup de blues. Je me précipite vers lui et lui demande s'il déconne. Il fait signe que non, nous tourne le dos et s'en va. Quelques pas plus loin, il s'arrête et j'entends le claquement bref du briquet. Puis il repart.

À la fin, je reconduis la Mémé à la maison et elle a maintenant cinq bons de carburant parce que des imbéciles de gamins en ont perdu.

Quelques jours plus tard, Rudi Birkenberger m'appelle et j'apprends qu'il s'est mis à son compte. Il dirige maintenant l'agence de détective privé Birkenberger. L'affaire a bien démarré, la demande est importante et malgré tout il a encore des réductions chez Hertie et Media-Markt. Je le félicite bien chaleureusement, lui souhaite bonne continuation et on décide de se voir d'ici deux ou trois semaines.

La Ferrari n'ayant pas encore réapparu et le Flötzinger voulant récupérer son argent, on se fait vraiment du souci et je vais chez la Susi. Je lui donne l'identité que j'ai relevée et lui demande de me trouver l'adresse correspondante à Munich. Pas de problème, dit la Susi, je n'ai qu'à repasser dans l'après-midi.

Mais l'après-midi, c'est plutôt pas facile. Parce que la Mémé doit aller chez le dentiste. Moi aussi, en fait, mais je prétexte un rhume. À la maison, je me suis frotté les ailes du nez pendant un quart d'heure avec du papier de verre (grain moyen) et maintenant elles sont rouges, tu verrais ça. Comme si j'avais le rhume du siècle, tout simplement. Et c'est impossible de recevoir des soins dentaires quand on a les trous de nez bouchés. Alors je reste en salle d'attente à lire *Madame Magazine* parce qu'il n'y a rien d'autre.

On pourrait croire que les gens de l'âge de la Mémé renoncent à leur dentition et point final. Ce n'est pas le cas de la Mémé. Elle soigne tellement ses petites quenottes qu'elle a pratiquement toutes ses pièces d'origine. Selon elle, ça lui vient de sa mère : à quatre-vingt-douze ans, elle pouvait encore manger une granny-smith même pas réduite en compote.

Il y a une jeune femme avec moi dans la salle d'attente, un petit garçon sur les genoux. Il pleure et crie qu'il ne veut pas aller chez le dentiste. La maman essaie, tout sucre, tout miel de dissiper sa peur avec des promesses alléchantes. En vain. Le gamin s'agite de plus en plus, il se tortille comme un tuyau d'arrosage et finit par la frapper de ses poings.

C'est le moment d'intervenir. Je lui montre mon insigne et mon arme dans son étui et lui dis que je suis policier et que je m'appelle Franz.

Il est impressionné.

Je lui raconte alors que, enfant, j'ai toujours été courageux, c'est pour ça que je suis devenu policier. Si lui aussi veut devenir policier, il faut qu'il commence par être courageux. Sa mère, reconnaissante, met sa main sur mon bras. Je reprends *Madame Magazine* en attendant la Mémé. Bien sûr, une fois de plus, tout va bien pour elle quand elle sort du cabinet de consultation et elle prend congé du dentiste en criant : « Magnifique, docteur ! Alors on ne se revoit que dans un an, n'est-ce pas ? Le Franz repassera avant, lui, s'il en a le courage. Mais vous le savez bien, docteur, il fait encore dans sa culotte devant le dentiste. On se demande vraiment ce qu'il peut bien faire dans la police. »

Le gamin se remet à crier et cette imbécile d'assistante me donne aussitôt un rendez-vous pour la semaine prochaine. « D'ici là, la rhinopharyngite devrait être passée », glisse la pimbêche.

Quand je vais voir la Susi le lendemain, elle ne sait toujours rien. Pas de Mercedes Dechampes-Sonnleitner à Munich. Peut-être en périphérie, mais il lui faut davantage de temps et là elle n'en a pas pour l'instant. Parce que, en effet, le maire fête ses vingt ans de fonction et elle ne sait plus où donner de la tête à cause des préparatifs et tout ça.

Avec tout le binz de ces derniers temps, je ne suis pas parvenu à réfléchir à la vente de la maison Neuhofer. Maintenant, il faut que j'arrive à savoir ce qui a mal tourné. Donc, je vais à Landshut chez Neuhofer et je sonne à sa porte. Une fois, deux fois, trois fois, personne n'ouvre. Sauf le voisin, tout énervé et en caleçon. Il dit que Hans est à l'usine de peintures, qu'il est de nuit et que je ne pourrai le joindre que le lendemain matin. Ou ce soir à partir de minuit.

Là, il faut peut-être que j'explique rapidement que le Hans travaille dans ladite usine de peintures depuis des années. Depuis que je suis en état de penser. Parfois, je me demande vraiment si toutes ces vapeurs chimiques ne sont pas la cause de sa confusion mentale. Parce que, quand tu respires la moitié de ta vie ces saloperies chimiques, ça peut bien te monter au cerveau.

Bon, il n'y aura rien de plus aujourd'hui, donc je rentre chez moi.

Quand je passe devant le domaine Sonnleitner le soir en faisant mon tour avec Louis II, il y a de la lumière. Je sonne, tout content, et la Ferrari m'ouvre. Aujourd'hui, elle n'a pas l'air d'une Ferrari mais plutôt d'un vieux minibus VW. Avec son jean tout élimé et son pull tout détendu dans lequel on pourrait faire tenir Simmerl et Flötzinger réunis. Mais elle aussi est contente de me voir, et même tellement contente qu'elle me saute au cou. Louis II et le bonnet sont aussi tout contents et disparaissent à l'étage. On reste un peu enlacés dans l'entrée et puis on commence à se faire des câlins, je te dis pas.

En tout cas, au bout de deux heures de la Ferrari, je n'ai plus aucun souvenir de la Susi. Après, on boit un petit verre de vin rouge et je lui demande pourquoi elle était partie si longtemps.

« Ma mère a un cancer depuis des années, avec des hauts et des bas. J'ai passé quelques semaines au Québec et dois bientôt y retourner. Ici, je range un peu la maison mais il faut repousser les travaux », raconte-t-elle comme ça, en essuyant une larme. C'est dommage qu'elle doive déjà repartir, mon petit bonbon français. Pile au moment où on s'est habitués l'un à l'autre.

Il faut que je sache. « Dis, quand reviendras-tu Mon Chéri ?

— Dès que possible », répond-elle en s'efforçant de sourire. Puis elle commence à ramasser ses affaires et aussi celles du Klaus de RDA. Parce qu'il n'y aura plus personne ici avant longtemps. Elle le dit si tristement que j'en suis tout retourné. On restera en contact par téléphone, bien évidemment, et je reprends le chemin de la maison.

Pile au moment où on sort de la propriété avec Louis II, Neuhofer arrive avec sa vieille trottinette Peugeot pétaradante. Il s'arrête en nous voyant.

« D'où tu tiens l'histoire des cinq cent mille ? demande-t-il, plutôt fort : la pétarade doit déjà avoir endommagé ses facultés auditives.

— Pourquoi t'es pas au travail ? dis-je en retour.

— Parce que ce soir nous avons notre match à domicile et c'est pour ça que j'ai fini le travail à six heures, dit-il. Donc, d'où tu le tiens ? »

Il est têtu.

« De l'OTM, tout simplement. C'est un gars de la direction qui me l'a dit.

— On peut le croire ?

— Oui, pourquoi il me raconterait des histoires ?

— Si c'est vrai, alors moi aussi il faut que je te raconte un truc », dit Hans et ses yeux étincellent. Il regarde l'heure.

« Mais pas maintenant, parce que je suis pressé ! »

En faisant redémarrer son engin, il me crie : « Demain matin, je passe à ton bureau ! »

Et le voilà parti.

Arrivé à la maison, j'ai faim, parce que j'ai toujours faim après avoir pris un super pied avec une bière ou une femme. Hélas, il n'y a que de la soupe de légumes parce que c'est le carême. Plus tard, allongé sur le canapé, je ne peux pas m'endormir, pour diverses raisons. Premièrement, je ne peux m'empêcher de penser à la Ferrari, deuxièmement, les paroles de Neuhofer me restent en tête, et troisièmement, j'ai faim. Ça dure un moment comme ça et puis je me relève, j'attrape Louis II et on va au club des Rouge-et-Blanc.

Le match vient de se terminer et on a perdu. Bien que Neuhofer ait mis trois des quatre buts. Mais leur gardien est tellement nul, je te dis pas ! Et je peux vraiment me permettre de porter un jugement, j'ai été moi-même assez longtemps dans les cages. Mais bon. Les adversaires sont en train de faire la fête et Neuhofer a les traits figés. Ce qui m'arrange, personnellement, parce que comme ça je peux parler avec lui. Sinon, il aurait fait la fête bien sûr.

Et les quelques trucs que j'apprends sont très intéressants, mon vieux ! Comme nous le savons, l'agence immobilière était déjà venue trouver le vieux Neuhofer pour la parcelle. Il ne voulait vendre à aucun prix et il était furax. La mère a alors dit qu'elle était prête à vendre, n'importe quand. Elle n'avait jamais aimé la maison, et cette fichue route devant encore moins.

Mais c'est là que ça devient intéressant. Quand le vieux est mort, d'un seul coup la mère n'a plus voulu vendre. Comme le Papa ne voulait pas, elle ne voulait pas non plus. Point final.

Alors le frère a dit qu'il ne pouvait rien faire. Il aurait bien aimé vendre. Plutôt aujourd'hui que demain, même. Mais si la Maman ne voulait pas, il ne pouvait rien faire.

Ensuite la Maman meurt et ça recommence. Maintenant, c'est le frère qui n'a plus voulu vendre. Parce qu'il avait mauvaise conscience par rapport à la mort de ses parents.

C'était à en devenir fou !

Pour finir, il y a eu ce tragique accident avec le conteneur. Oui, et juste le lendemain, la femme de cette agence immobilière sonnait à la porte de Neuhofer. Et là, il a signé, le Hans. Elle avait beau diminuer le prix de moitié, puisqu'elle avait attendu longtemps et avait eu tant de désagréments, il a tout de suite signé. Parce qu'il en avait définitivement ras le bol de tout ce binz.

Mais maintenant qu'il sait combien la parcelle aurait pu lui rapporter, il est en rage, une rage incroyable même.

Je lui dis de venir demain matin à mon bureau pour que nous puissions consigner tout cela, étape par étape. C'est bien ce qu'il compte faire, répond-il. On boit encore une bière ensemble et je rentre à la maison.

11

Comme la suite l'a montré, c'était plutôt une bonne chose que la faim m'ait empêché de dormir. Ou la Ferrari. En tout cas, c'était une bonne chose que je sois allé dans la nuit au club de sport et que j'aie parlé à Neuhofer. Parce que le lendemain, il était mort.

Encore une drôle d'histoire, je dois dire. Mais les Neuhofer ne meurent pas dans leur lit ou à l'hôpital en soins intensifs. Ils trouvent toujours une idée originale pour mourir.

Je l'ai appris dans la nuit parce que la Ferrari m'a appelé. Elle était complètement hystérique et hurlait dans le combiné. J'ai d'abord cru qu'elle se languissait de moi, et drôlement même, tellement elle criait. Il s'est avéré, hélas, qu'il y avait eu un accident. Et je suis parti avec Louis II.

Voilà comment ça s'est passé : donc, Neuhofer a dû encore boire une bière ou deux et a pris la direction du retour avec sa trottinette. En prenant par la forêt pour arriver à la vieille nationale qui va à Landshut. Comme d'habitude.

Jusqu'ici, ça va.

Au même moment, le bonnet avait la vessie pleine. Selon les mots de la Ferrari, « la Clairette gémissait à la porte et c'est un signe qui ne trompe pas quand elle a besoin ».

Elle est donc sortie avec le bonnet afin qu'il puisse se soulager. Bon, on ne s'attend pas à une circulation d'enfer sur cette route au milieu de la nuit. C'est pour ça que la Ferrari a laissé le bonnet courir aussi loin qu'il pouvait tirer sur la laisse. Or on peut la tirer sur dix mètres.

Et c'est là que le tragique entre en scène.

Donc, les deux bloquaient toute la route avec la laisse, parce que la Ferrari attendait d'un côté du chemin que la Clairette se soulage de l'autre. On pourrait dire qu'elle barrait la route avec la laisse. Ce que Neuhofer n'a pu malheureusement distinguer dans l'obscurité. Il n'a vu que la femme, et encore : la vue baisse fortement après avoir ingurgité quelques bières. Il a sûrement encore moins vu le chien, à cause de sa taille, et la laisse, ça, il ne l'a pas vue du tout. Alors, comme un dingue, il est rentré dedans avec sa trottinette Peugeot.

La Ferrari a dit que ça l'a projeté en l'air, quelque chose de bien. Il a fait pratiquement un soleil, il a tourbillonné en l'air et ensuite il est allé s'écraser avec un élan dingue contre un tronc d'arbre. Cervicales carrément broyées, pas besoin de te faire un dessin. La Clairette a aussi virevolté dans les airs, mais ça n'a pas été mortel, compte tenu de son poids.

Dès qu'on arrive sur place, Louis II pisse tout de suite sur le pied de Neuhofer. Il marque son territoire, pour ainsi dire. Mais peu importe maintenant : pas de souffle, pas de pouls, rien du tout. Avant toute chose, il faut que je rassure cette femme complètement brisée. C'est épatant. Elle repose sur mon épaule, elle s'y love et pleure. Ça dure un petit moment pour qu'elle se reprenne, mais ce n'est pas grave. La Clairette, elle, est lovée contre le ventre de Louis II et nous vivons tous les quatre un moment de complète harmonie au milieu de la forêt.

À un moment tout de même, je regarde Neuhofer de plus près et je constate qu'il est toujours mort. Ensuite j'examine le scooter et la laisse du chien est tout entortillée autour de la roue avant. La mort garantie, je te dis. Ensuite, après avoir ramené la Ferrari et le bonnet chez elles, je dois bien sûr faire mon travail : appeler les services funéraires, organiser l'enlèvement du scooter, sécuriser le lieu de l'accident, informer le procureur, que sais-je encore.

J'ai terminé exactement au moment où la Mémé a fini de préparer le petit déjeuner. Je le reconnais, chez nous, carême ou pas, le petit déjeuner n'est pas touché par le jeûne. Il faut bien commencer la journée par une nourriture consistante, sinon comment tenir le coup ? Donc, des œufs au lard, quelques petits pains à la confiture et au miel, un bon fromage blanc aux fruits et quelques tranches de fromage, ça colmate l'estomac. J'ai terminé après la troisième tasse de café, mais je suis toujours fatigué.

Parce que je manque de sommeil. Et parce que je ne passe plus que très rarement une nuit blanche. À la Saint-Sylvestre peut-être, et encore. Autrefois c'était différent. Autrefois, on pouvait passer des nuits entières sans fermer l'œil. À l'époque où on était encore fringants et où Flötzinger n'avait pas sa Mary et Simmerl sa Gisela sur le dos. Mais c'est du passé. On ne rajeunit pas et une nuit pareille sans sommeil, tu la payes encore des jours après, mon vieux !

Maintenant, la Mémé veut absolument faire valoir ses bons de carburant parce qu'elle est méfiante en matière de bons cadeaux. Elle cherche toujours où est le hic ou bien elle croit qu'ils sont périmés avant de les utiliser. Donc, en route pour la station-service avec le vieux tacot du Papa. Là, tu peux à peu près imaginer combien on peut avoir d'essence pour cinq bons de cinq euros. Et quand il faut faire le plein pour une Opel Amiral, modèle 1974, c'est à peu près comme si on crachait dans le Chiemsee*. Mais passons, les bons sont partis et la Mémé aussi, parce qu'elle regarde s'il y a de bonnes affaires dans l'espace-vente. Pendant ce temps, je reste dans la voiture et je m'endors. Quand elle revient, elle a trois bouteilles d'antigel dans les bras, vu qu'elles étaient en promotion, et je la reconduis à la maison.

L'après-midi, la Ferrari vient me voir pour la déclaration d'accident et elle arrive dans mon bureau juste au moment où je me rendors. C'est comme ça toute la journée, et le soir je renonce au repas maigre du Vendredi saint et fais tout de suite mon tour avec Louis II, rien que pour aller vite au lit. En chemin, Louis II trouve un rouleau de fil de fer rouillé dans les broussailles et l'apporte à son maître, comme tout ce qu'il trouve. Il le pose à mes pieds, tout content. Il faut alors que je le félicite, ce que je fais. J'emporte le rouleau afin que personne ne se blesse.

La forêt est calme, je suis si fatigué que je n'arrive pas à penser. Un peu quand même, et je me dis qu'on a bien dû l'entendre, Neuhofer, dans le calme de la nuit. Il faut que je demande ça à la Ferrari dès que je la verrai. Amorphe, je rentre à la maison, plongé dans mes pensées. Il n'y a rien de plus beau qu'un lit douillet quand on a les paupières lourdes. Comme, hélas, je n'en ai pas, je me couche sur le canapé et m'endors aussitôt.

Le lendemain, c'est le samedi saint et ça veut dire faire la grasse matinée. C'est formidable. La Mémé me réveille peu avant midi et me crie : « Le *Lamperl** est prêt ! Viens donc manger ! »

Il faut peut-être que j'explique rapidement que, premièrement, c'est un agneau et que, deuxièmement, de tous les plats que la Mémé prépare, c'est le seul que je n'aime pas. Mais le samedi saint, traditionnellement, on mange un *Lamperl*. Et ça sur un estomac vide. C'est une catastrophe, parce que si la Mémé remarque que quelqu'un n'aime pas ça, elle ne plaisante plus. Tu comprends, elle est aux fourneaux dans cette fichue cuisine depuis les premières heures de la matinée.

Alors il faut aimer. Un point c'est tout.

Visiblement, le Léopold et la Roxana aiment ça. Mais mon frère est un vieux lèche-cul qui ne l'avouerait pas s'il en était autrement ; et la Roxana bouffe tout, parce que je suppose que, en Roumanie, ils accommodent tout, sauf leur famille proche.

Moi, je n'aime pas mais je fais comme si, parce que sinon, c'est la guerre. Je me sens déjà mal après trois tranches de viande, et vlan ! la Mémé m'en balance une quatrième dans l'assiette. Plus tard, je vais à l'église avec elle à la veillée pascale et à chaque fois que le prêtre dit « Agneau de Dieu ! », je me sens mal, je te dis pas.

Le dimanche soir, je vais boire une bière chez Wolfi, et Flötzinger et Simmerl sont là aussi. Ils en ont ras le bol de Pâques, de la famille et tout le binz, ils ont besoin de prendre l'air. On boit quelques bières ensemble et Simmerl raconte que, maintenant, l'OTM veut des sandwichs à la place des petits pains à la saucisse. Lui, il trouve ça triste, d'autant qu'ici on est en Bavière et pas en Amérique. Mais il fait des sandwichs, finalement : le client est roi. Flötzinger raconte que sa Mary se remet à porter de la flanelle, parce qu'elle croit que l'histoire avec la Ferrari est réglée.

« Là, elle se goure, mon cher, dit-il. Oui, la prochaine fois que je vois la Mercedes, je lui tombe dessus avant qu'elle ait le temps de dire ouf.

— Là, il va falloir que tu prennes ton mal en patience, dis-je comme ça. Parce qu'elle est au Canada pour quelques semaines chez ses parents. »

Bien sûr, en mon for intérieur, c'est une profonde satisfaction psychique que ce soit moi qui aie eu la Ferrari et pas Flötzinger. Mais je ne dis rien. Eh oui : un gentleman savoure et se tait.

Le tocard de plombier est maintenant affligé de savoir les deux femmes de sa vie inaccessibles. L'une à cause de dix mille kilomètres, l'autre à cause de la flanelle. Et donc il noie sa frustration dans la bière, ce qui lui plaît bien aussi.

Après ces jours de congé, je retrouve le quotidien. Je suis donc assis dans mon bureau et c'est calme. Pas d'accident, pas de mari qui tabasse sa femme, et comme ça, je peux me consacrer en toute quiétude à mon enquête Neuhofer.

Tout d'abord, je voudrais savoir qui est l'agent immobilier qui a fourni la parcelle. Je me rends donc à la station-service dans l'espoir de trouver le costume. Mais il n'est pas là.

« Le chef ne vient que pour des occasions d'importance ou des négociations », dit le pompiste. Et aujourd'hui, rien de tout ça. Il ne peut pas non plus le joindre par téléphone parce qu'il est en vacances de Pâques avec sa famille. Il ne sait pas non plus qui d'autre pourrait m'aider. Il peut juste me dire que l'antigel est en promotion.

Maintenant, je dois aller chez Neuhofer. Je sonne chez le voisin et il m'ouvre. Encore une fois, il ne porte qu'un caleçon et me reconnaît aussitôt.

« Ah, dit-il. C'est vraiment affreux ce qui s'est passé avec le Hans ! »

Je demande : « Est-ce que par hasard vous auriez une clé de son logement ?

— Oui, bien sûr ! Entrez donc », dit-il, et il se retourne pour me précéder. Sur l'omoplate, il porte un tatouage de la Mémé. Il faut que j'y regarde à deux fois, mais c'est bien la Mémé. La Mémé quand elle ne relève pas ses cheveux mais les laisse détachés, le matin par exemple. Maintenant, je me demande bien sûr comment il se fait que le voisin de Neuhofer ait la Mémé tatouée dans son dos.

« Dites-moi, qu'est-ce que vous avez de beau tatoué sur l'omoplate ? je lui demande, parce que je ne veux pas tout de suite parler de la Mémé.

— Vous ne savez donc pas ? »

Il dit ça comme si je lui avais demandé sur quelle planète on vit. Je fais non de la tête, j'en suis presque mal à l'aise.

« Ben, mais c'est Gandalf ! » dit-il, on voit qu'il cherche à contenir son indignation.

Gandalf, donc. Je fais oui de la tête.

On entre dans son logement et je dois dire que le mot « logement » est incroyablement exagéré. Une pièce, je dirais que mon canapé pourrait y tenir dans le meilleur des cas dans le sens de la hauteur. Les murs sont entièrement couverts de posters, ce qui accentue encore l'exiguïté des lieux. Aucune possibilité de se défiler. On se tient ainsi corps à corps, et quand il allonge le bras vers le crochet des clés derrière moi, je crois d'abord qu'il va me prendre dans ses bras.

Ça couine nerveusement dans un coin de la pièce et je lui demande ce que c'est.

« C'est Gandalf et Frodo », dit-il.

Je commence à en avoir marre. Il le voit et me montre les cochons d'Inde qui piaillent et puent dans une cage par terre. En regardant de plus près les posters, je commence à y voir clair : *Le Seigneur des anneaux* partout où on regarde. Sur tous les posters *Le Seigneur des anneaux all over the world*, t'as pas idée. Ou disons plutôt *all over* ces chiottes qui lui servent de logement.

Puis, je prends la clé et le remercie.

Il dit : « Pas de problème, chef ! Mais à rapporter, si ça vous va. Faudrait pas que j'aie à courir après. »

Dans l'appartement de Neuhofer, rien n'a changé. Un matelas par terre, un tas de cartons et c'est tout. Je ne sais pas bien ce que je cherche exactement, alors je commence à fouiller dans les cartons. Il y en a dix-sept, la plupart remplis de fringues, de serviettes ou de draps. Quelques-uns contiennent des photos et des affaires personnelles et il y en a un plein de documents. Les photos me tenteraient bien, mais le boulot, c'est le boulot, donc va pour les documents.

Vingt minutes plus tard, j'ai fait une trouvaille et tiens en main les papiers de la vente de la maison. Sur le classeur est écrit « Immo-Novum ». Je l'emporte. Il est, *de facto*, saisi. Je rends la clé au mec à poil d'à côté en disant : « Le classeur est saisi, un point c'est tout. J'en ai besoin pour mon enquête. »

Là, il devient curieux.

« Une enquête ? Quelle enquête ? Je croyais que c'était un accident. »

Et, avant que je m'en aperçoive, me voilà à nouveau corps à corps avec lui dans la cellule capitonnée.

« Asseyez-vous donc ! » dit-il, et il me pousse dans un sofa où s'entassent des montagnes de linge. J'espère ardemment qu'il est propre et me glisse à l'extrême bord du canapé.

« Si c'était un accident pour Hans, pourquoi enquêtez-vous alors ? insiste-t-il.

— Oh, l'intuition, simplement. Il faut envisager toutes les possibilités.

— L'intuition, hein. C'est ce que je dis toujours. Il faut écouter les voix. »

Le voilà qui démarre son trip.

« Vous savez, moi aussi j'écoute les voix », continue-t-il, me faisant l'effet d'être un peu confus dans sa tête.

Alors je demande : « Vous travaillez où, en fait ?

— Je ne travaille plus. » Il hausse les épaules. « C'est mieux comme ça. Vous voyez, quand Gandalf et Frodo sont seuls toute la journée, ça les déprime toujours. Mais, pour en revenir aux voix, parce que personne ne me croit, à propos des voix, je veux dire…

— Je ne comprends pas où vous voulez en venir, dis-je, et c'est la stricte vérité.

— Ben, les voix que j'entends. Celles de la radio, dit-il, et je me lève : ça suffit maintenant.

— Oui, bon, tout le monde entend les voix de la radio ! C'est justement pour ça qu'on a une radio ! »

Je me dirige vers la porte.

« Mais c'est pas d'celles-là que j'parle ! »

Il me barre le passage et j'approche ma main de mon arme.

« Regardez », dit-il. Il se met à quatre pattes derrière le sofa, sort de là un câble électrique sectionné.

« Je l'ai coupé. Je croyais qu'il n'y aurait plus de voix après. Mais que dalle ! Pas de courant et toujours les voix, souffle-t-il comme un phoque.

— Et sinon, où travailliez-vous exactement avant ? »

Il faut que je demande ça, parce que j'ai comme un soupçon.

« Ben, chez le fabricant de peintures. »

Je le savais !

Oui, ce sont ces vapeurs qui font de toi un estropié mental. Là, on peut dire que Neuhofer a encore eu de la chance. Qui sait ce qu'il serait devenu !

« Le Gandalf sur votre épaule n'a pas de barbe, dis-je comme ça en sortant.

— Ça viendra quand je serai de nouveau à flots », répond l'ex-voisin de Neuhofer, ou mieux, le voisin de l'ex-Neuhofer.

12

Quand je rentre à la maison, le Léopold est assis dans la cuisine et pleurniche. La Mémé est aux fourneaux, à préparer des pommes de terre sautées avec des oignons et du lard, et ça fume tant que j'ai tout de suite les yeux qui pleurent.

Après le repas le Léopold pleurniche toujours, je trouve qu'il faut savoir s'arrêter. Mais ensuite il s'avère qu'il ne pleurniche pas à cause des oignons mais à cause de la Roxana. Parce que, en effet, elle l'a plaqué et s'est tirée. Elle a foutu le camp pour appareiller toutes voiles dehors vers un de ses auteurs à succès. C'est tout ce qu'il a gagné avec sa traînée de Roumaine. Je ne peux réprimer un petit ricanement et le laisse à sa misère, au Papa et aux Beatles.

Il nous faut 1-16 pour mon tour avec Louis II, un record. Je suppose que ce pleurnichard de Léopold m'a tellement donné des ailes que j'ai mis la vitesse supérieure. Après, j'essaie d'appeler la Ferrari, mais ça ne marche pas, hélas. Oui, appeler au Québec n'est pas si facile : ils peuvent être aussi avancés qu'ils le veulent en matière technico-téléphonique, c'est quand même le Canada.

Le soir chez Wolfi, Flötzinger en tient déjà une bonne.

« C'est tous les jours pareil en ce moment, me dit Wolfi. Il s'imbibe à fond, tu verrais ça. Est-ce que sa Mary a à voir là-dedans ? »

Un peu plus tard, Flötzinger s'endort sur la table, la bière à la main. Plus tard encore, il tombe de sa chaise. Incroyable, il est couché par terre, tout tordu, et la seule chose qui se dresse tout droit, c'est son verre de bière. Et il n'en renverse pas une goutte. Oui, il sait bien sûr où est l'essentiel.

Alors je le ramasse, le ramène chez lui et le remets à sa Mary en flanelle.

Chez moi, le Léopold et le Papa sont toujours là, en compagnie de vin rouge et des Beatles et tous les deux pleurent. Je trouve ça trop con, j'attrape Louis II et vais au lit.

Le lendemain, en parcourant le dossier de Neuhofer, je trouve plein de choses mais pas le contrat de vente. Pas de contrat, pas de prix de vente, rien du tout. Je vais chez mon pote à poil, il n'est pas chez lui. J'essaie à nouveau de joindre la Ferrari, en vain. Certains jours, c'est plus malin de ne pas se lever parce que ça ne sert à rien.

J'appelle Rudi Birkenberger parce que je ne sais pas quoi faire d'autre et nous nous fixons rendez-vous pour le week-end suivant. Puis, la Susi vient dans mon bureau et me demande ce que je veux faire pour la fête du maire. C'est dans deux semaines et tout le monde fait quelque chose : le curé un discours, la secrétaire un numéro de chant, la Susi et deux autres de l'administration un petit sketch. Je n'arrive pas à la regarder en face, elle est si gentille et me fait toujours des avances. Et en même temps, je dois penser à la Ferrari. « Bon alors, Franz, qu'est-ce que tu vas préparer pour le maire ? »

Je dis : « Rien du tout ! Tu crois que je vais faire l'andouille devant tout le village ? »

Et je la plante là. Non que je me sente très à l'aise, mais, non, je ne veux plus la regarder en face.

Quelques jours plus tard, je peux enfin joindre le costume. Je suis retourné à la station-service et ai appris là-bas qu'il était revenu de congés. Il était temps, aussi. Le gars de la station nous met en communication. Le costume répond sèchement à cause d'une réunion hyper-importante.

« Qu'est-ce que vous voulez, pour l'amour de Dieu ? grogne-t-il dans l'écouteur.

— Eh bien, j'aimerais bien savoir pourquoi quelqu'un paie un demi-million d'euros pour une parcelle qui ne les vaut pas, dis-je aussitôt.

— Pour nous, elle les vaut. Parce que nous rentabilisons la somme en un an maxi. Vous voyez, c'est la loi de l'offre et de la demande. Et nous n'étions pas les seuls à vouloir cette parcelle pour y faire une station-service, vous pouvez me croire !

— Aha, dis-je.

— Quelque chose d'autre ? » Ça l'énerve.

« L'agence immobilière. Quel est le nom de l'agence immobilière avec laquelle vous avez fait affaire ?

— Bon Dieu, encore... attendez, Immo, Immo...

— Immo-Novum ?

— Exactement ! Bon, si on fait le tour, j'ai vraiment à faire ! »

Plus rien ne me vient comme ça, dans le feu de la discussion, et pile quand ça me revient, il me coupe :

« Bon, eh bien c'était tout. Et maintenant laissez-moi en paix une fois pour toutes !

— Qui je laisse en paix et quand, ça, c'est moi qui en décide », dis-je encore, puis la communication est coupée.

L'après-midi bien sûr, je reçois illico un appel du double Dr Spechtl. Il veut savoir sur quoi j'enquête encore et déclare que je casse incroyablement les couilles à des citoyens irréprochables. Il faut que je vienne en urgence à Munich, il veut voir ce qu'il en est.

Il fait exactement comme si j'avais une case en moins et qu'il pouvait le voir. Du genre : « Mais qu'est-ce que nous avons là, Eberhofer ? Il vous manque une case ! »

Je lui réponds alors que ça roule pour moi et je raccroche.

Après cette conversation, je suis, avouons-le, de très mauvais poil, et je comprends que je dois accélérer mon enquête. Donc, je compulse encore une fois le classeur Neuhofer et je trouve au moins l'adresse du notaire qui a vendu la parcelle. J'y vais directement dans ma voiture de service.

Là-bas, j'apprends que Neuhofer a effectivement vendu au prix de cinquante mille et ce directement à l'agent immobilier. Celui-ci a dû revendre le bien à l'OTM. Mais ça, le notaire ne peut pas l'affirmer parce qu'il n'a pas fait l'affaire.

En tout cas, l'agent immobilier est établi à Munich. J'appelle là-bas. Le répondeur m'annonce qu'il n'y a malheureusement personne pour l'instant au bureau. Même annonce le lendemain et le surlendemain. Malheureusement personne pour l'instant, sans arrêt. Ça dure un moment comme ça et puis le répondeur ne se déclenche même plus. Si, en fait il se déclenche, mais il a changé : le numéro, paraît-il, n'est malheureusement plus attribué.

Eh bien, super !

En allant chez Rudi Birkenberger samedi, je fais d'abord un petit détour, justement par cette agence immobilière. Je trouve tout de suite l'adresse, à Schwabing, bien située mais en arrière-cour. Aucune trace d'Immo-Novum. Ni sur la boîte aux lettres ni sur la sonnette, sans parler de l'enseigne. Je me renseigne alors dans le voisinage et découvre que l'agence immobilière a vidé les lieux. Depuis le début du mois. Personne ne sait où.

En raison de mes recherches, j'arrive trente bonnes minutes en retard au rendez-vous avec Birkenberger, il fait la tête. Mais il se calme assez rapidement et me parle un peu de son job en se plongeant dans la lecture de la carte du restau.

Toute son activité est follement intéressante et incroyablement passionnante. On ne peut pas s'imaginer combien de gens trompent leur conjoint. Tous, pour ainsi dire. Presque pas d'exception, dit le Rudi. Il se commande une escalope viennoise et moi une brochette. On prend tous les deux des frites et de la salade. Puis je lui demande s'il passe son temps à fouiner sur les traces de conjoints maintenant.

« Fouiner ! » répète Birkenberger.

Le ton est extrêmement dédaigneux.

« Ça s'appelle faire une filature ! Il faut être fait pour ! »

Il me lance un regard et poursuit, sur un ton extrêmement dédaigneux, je le répète à regret : « Regarde, Franz. Quand je lisais la carte, tu as cru que je lisais la carte, pas vrai ? » dit-il, et je trouve la question plus que débile.

Je fais oui de la tête.

« Bon, mais naturellement, je n'en ai que *l'air*. En vérité, je peux te dire que la femme au loden vert a dans son sac à main un porte-monnaie en cuir souple. Le type à la parka boite. Pour quelqu'un qui n'est pas habitué, ça ne se voit pas, mais il boite. Il s'est probablement cassé le pied récemment. Les deux couples derrière toi sont mariés. Et pourtant la femme au pull rouge et l'homme assis en diagonale ont une liaison. Et leurs partenaires ne le savent pas.

— Et tout ça, tu l'as lu sur la carte ? je demande comme ça, et j'adopte maintenant aussi un ton dédaigneux.

— Va donc, pauvre andouille ! On ne lit pas ça sur la carte. On ne lit même pas du tout la carte. On fait simplement comme si. Ce que je veux manger, je le sais à l'avance. Et entre-temps, je me donne la possibilité magnifique d'observer. »

Dieu merci, notre repas arrive alors. Et cette fois, il ne fait pas comme si, il mange vraiment. Il presse un tube de ketchup sur ses frites, elles nagent dedans. Puis il me raconte la bouche pleine ses fouinages lamentables. Au fond, toute la soirée se passe ainsi et je dois dire que ça m'énerve. Tout à la fin, quand même, la conversation revient sur moi et sur mon job minable. Et là, je repense à Immo-Novum. Dès que je raconte ça au Rudi, il réplique : « Aucun problème, Franz. Dans deux jours je t'informe de ce que ça a donné. Peut être qu'ils ont seulement déménagé. Ou fait faillite. Tout est possible. Je trouverai, pas de problème. »

Eh ben ! Pourquoi travailler toi-même quand d'autres le font pour toi ? Que Rudi surveille, moi je suis mieux à déléguer.

Quand j'arrive dans mon bureau le lendemain, la Susi est déjà là, à faire du café. Elle m'apprend qu'elle a enfin trouvé le temps de vérifier le dossier de Mme Mercedes Dechampes Sonnleitner : personne n'est déclaré sous ce nom à Munich, à la périphérie non plus. La dernière mention ici dans la commune est une certaine Margit Dechampes-Sonnleitner, née en 1944. Officiellement, c'est aussi la dernière propriétaire du domaine Sonnleitner. Elle est allée s'installer avec son mari canadien dans son pays natal en 1973 et jusqu'à présent aucune descendance n'était connue.

Bon, mais ça ne m'avance guère, parce que je ne sais toujours pas comment je peux joindre la Ferrari. La Susi l'a un peu mauvaise, parce qu'elle attendait bien sûr des hourra de félicitations pour le mal qu'elle s'est donné. Mais je ne peux pas aller contre ma nature.

L'après-midi, j'appelle le Léopold dans sa putain de librairie, ce qui me coûte un peu. Mais après tout, il ne connaît que des gens intelligents. Et c'est ce dont j'ai besoin maintenant. Je dois parler à quelqu'un qui s'y connaît en calculs de distances et de poids.

« Disons que j'ai un mousqueton foutu auquel est suspendu un bon poids. Quelqu'un peut-il me calculer à l'avance quand il lâchera ? je lui demande comme ça.

— Je crois bien. Si on connaît le poids approximatif, n'importe qui d'un peu bon en maths peut te dire ça. Ou en tout cas un ingénieur en

BTP, probablement aussi un architecte. Je me renseigne », dit le Léopold, étonnamment gentil avec moi. Ce qui me donne alors mauvaise conscience et m'oblige à poser des questions : « Et sinon ? Tu vas bien ? Tu as eu des nouvelles de la Roxana ? »

Je suis un lèche-cul colossal.

« La pute m'a vidé mon compte. Pas le compte professionnel, elle n'a pas de procuration dessus, mais sur le compte personnel tout mon argent s'est envolé. Si jc la trouve, je la tue. Juste pour ton information ! »

Il est de très mauvais poil.

« Bon, c'est bien que je sois au courant. Ne te sens pas obligé quand même. Et manifeste-toi quand tu auras trouvé quelque chose pour les calculs.

— D'accord », répond-il, et il raccroche.

13

Quand je rentre, il y a un binz chez nous à la ferme, incroyable. Une ambulance est là, gyrophare allumé, avec un médecin urgentiste et tout un monde très affairé. La Mémé est agenouillée dans la prairie derrière la maison et je crois qu'il s'est passé quelque chose d'étonnant. Alors, j'apprends que le Papa s'est sectionné deux orteils en coupant l'herbe à la faux. Il est couché sur une civière, tout pâle, et montre toujours la direction où il pense que sont ses orteils. Le médecin dit que si nous les trouvons rapidement, il peut encore les recoudre et donc je m'agenouille aussi dans l'herbe et commence à chercher. Je cherche, je cherche et mon téléphone sonne. Quand je réponds, c'est la Ferrari et je suis soudain tout excité.

« Salut Baby, tu m'entends ? Je crois que la liaison est mauvaise », me susurre-t-elle dans l'oreille.

Je souffle comme un bœuf, tant je suis excité et aussi parce que j'ai mal aux genoux à force de chercher, et je réponds : « Non, formidable, la liaison est impeccable », parce que rien d'autre ne me vient spontanément à l'esprit.

« Est-ce que je dérange ? Tu as l'air si excité. Qu'es-tu en train de faire de si excitant ?

— Rien du tout, non, rien de particulier. Je suis juste en train de chercher quelques orteils. »

Au moment où mes lèvres lâchent ces mots, je voudrais être mort.

« Eh, Franz, je crois que la liaison est quand même plutôt mauvaise. J'ai compris que tu cherchais quelques orteils. Amusant, non ? Je te rappelle plus tard. » Elle raccroche.

Et merde !

Je trouve un des orteils, le balance au Papa sur la civière et bougonne : « Cherche-les toi-même, tes foutus orteils ! »

Puis je vais dans la porcherie.

Un peu plus tard, l'ambulance quitte la cour, gyrophare allumé et la Mémé fait signe derrière, comme on fait signe à des visiteurs dont on est content d'être débarrassé. Puis elle frappe à ma fenêtre et crie : « Eh, Franz, aujourd'hui tu auras deux croquettes de viande en plus parce que le Papa ne mange pas avec nous ! »

Eh bien, si ce n'est pas une joie, ça.

Je passe le reste de la soirée soit à composer le numéro de la Ferrari, soit à scruter le téléphone. Et les deux jours suivants, même topo.

Les orteils de Papa n'ont pas pu être recousus. Parce qu'il y en a un qu'ils n'ont pas pu retrouver et le deuxième était trop sale, et je crois un peu nécrosé. Quoi qu'il en soit, il est à l'hôpital, le Papa, tel le cygne à l'agonie, et il me fait la tête parce que j'ai refusé de chercher son deuxième orteil.

« Ça va, Papa. Ça n'aurait servi à rien. Ils n'ont même pas recousu celui que j'ai trouvé, lui dis-je lors de ma visite.

— Il ne s'agit pas du tout de ça. Tu ne le savais pas à ce moment-là. Mais il aurait pu se faire qu'ils aient pu tout recoudre à merveille et tu gâches tout, simplement parce que tu es trop paresseux pour chercher ! » dit-il, en faisant triste mine. Mais pas pour longtemps.

Parce que la porte s'ouvre et que le Léopold entre. En fait, tout d'abord, on ne peut pas du tout reconnaître qui entre, parce que c'est un gigantesque bouquet de fleurs qui entre. Mais ensuite, on remarque bien que le Léopold est derrière. Là, le Papa ne fait plus triste mine mais a l'air super heureux et quand le Léopold lui demande avec tant de compassion comment il va, j'ai tout de suite envie de vomir. Je m'apprête à partir, mais le Léopold me retient : « Ah, Franz, pour le mousqueton, c'est exactement ce que j'avais supposé : n'importe quel étudiant en maths peut te le calculer. En tout cas, n'importe quel architecte ou ingénieur en BTP. Plutôt avec exactitude même, à quelques secondes près. On suppose bien sûr que l'on connaît le poids approximatif et la nature du mousqueton. Et si tu veux encore savoir quelque chose, n'hésite pas, tu as mon numéro. »

Il dit ça par-dessus son épaule et masse en même temps la main du Papa. Le regard du père est rempli de fierté face à son fils aîné et je préfère partir avant de cochonner le lino.

Alors on peut le calculer ! Celui qui a changé le mousqueton neuf contre un mousqueton détérioré devait le savoir. Donc, l'accident du container peut sans problème avoir été un meurtre. Je vais voir Moratschek. Il est en audience et j'attends donc un moment dans la salle des pas perdus du palais de justice. Quand il me voit, il roule des yeux.

« Eberhofer, quel plaisir ! me lance-t-il. Que puis-je faire pour vous ? » Il passe devant moi, tout énervé, fonce à son bureau, enlève sa robe, la suspend au portemanteau, enfile une veste et met une casquette à carreaux qui doit avoir le même âge que lui. Puis il prend une bonne prise de tabac et me regarde par-dessus sa main.

« L'affaire Neuhofer », dis-je pour commencer. Et je deviens nerveux parce que je remarque qu'il est pressé.

Il m'interrompt : « Mon Dieu, Eberhofer, il n'y a pas d'affaire Neuhofer. Rien de plus qu'une série d'accidents tragiques.

— Mais en règle générale, on ouvre une enquête quand il y a quelque chose d'anormal, non ?

— Les exceptions confirment la règle et, de plus, il n'y a rien d'anormal là-dedans ! » Il prend une inspiration bruyante. « Regardez, Eberhofer, si on ne considère pas tous ces cas ensemble, mais chacun séparément, parlerait-on de malheur ou de meurtre ? »

Je hausse les épaules, plutôt fumasse.

« Vous voyez ! Et maintenant, il se trouve que dans telle ou telle famille, tous meurent victimes d'accidents. Ce n'est pas la règle générale, c'est sûr, mais comme déjà dit, les exceptions…

— … confirment la règle. » Je complète la phrase simplement pour ne pas l'entendre à nouveau de sa bouche.

« C'est comme ça, Eberhofer ! » Il prend une nouvelle inspiration profonde, se gratte le front et continue : « Eberhofer, je peux bien m'imaginer qu'être maintenant à la campagne n'est pas vraiment marrant. Un peu ennuyeux, hein ? Oui, ça, je veux bien le croire. Mais si vous êtes là où vous êtes, c'est à vous que vous le devez et non à moi. Et maintenant, vous devez en tirer le meilleur parti et ne pas passer votre temps à courir derrière quelques chimères. Faites gentiment traverser les écoliers ou mettez-vous devant la maison des Rouge-et-Blanc et retirez quelques permis, mais au nom du ciel, laissez ces accidents tragiques être des accidents tragiques ! Et… euh… oui, convenez d'un rendez-vous avec Spechtl, compris ? Et maintenant, excusez-moi, s'il vous plaît, on m'attend au bistrot. »

Plus tard, j'appelle Rudi Birkenberger pour voir ce qu'il a trouvé. Malheureusement il est en pleine filature quand je le joins, il ne peut que murmurer et me promet de me rappeler.

14

Au moment où j'arrive au bureau, la Susi débarque sans crier gare. Elle rentre juste derrière moi, claque la porte et hurle comme je n'ai jamais entendu hurler de toute ma vie. Parce que, en effet, elle a appris hier chez Wolfi pourquoi j'avais besoin de l'adresse de la Ferrari. Elle sait donc maintenant que ce n'était pas une demande liée au service, mais plutôt de nature privée.

« Espèce d'enfoiré éhonté ! crie-t-elle. Crois-tu que je vais être assez conne pour te chercher l'adresse de tes coucheries ? N'essaie plus de me voir sinon je t'arrache les yeux ! » En disant ça, elle a un mouvement des doigts qui me glace le dos.

« Allez, Susi », dis-je en lui prenant le bras, et pan ! Elle m'en colle une qui m'en offre trente-six chandelles. Je ne dis plus rien, parce qu'il vaut mieux qu'elle se calme d'abord.

Sur le chemin de la maison, je m'arrête chez Wolfi pour savoir pourquoi il colporte des trucs pareils.

« Qu'est-ce qu'on dit que j'ai raconté ? demande-t-il en me tirant ma bière.

— T'as raconté à la Susi que j'étais sorti avec la Ferrari, espèce de vieille pie !

— Ho ! Tout doux, bijou ! » Il me tend ma bière au-dessus du comptoir. « Je ne savais pas encore que toi et la Ferrari... »

Alors là, il faut que je fasse preuve de sagacité et j'en viens à penser que Wolfi ne peut vraiment pas l'avoir su. Et comment d'ailleurs ? Je ne lui ai pas dit et la Ferrari non plus, je suppose. Elle n'est même plus venue là depuis. Et à part nous, personne ne le sait.

Wolfi ricane.

« Allez, raconte un peu ! Donc, toi et la Ferrari...

— Ah, laisse tomber ! » dis-je comme ça, en déposant ma monnaie. Et je m'en vais.

« Peut-être qu'elle l'a raconté elle-même à la Susi ! me crie Wolfi, et quand je me retourne, il est en train de boire ma bière.

— Qui ça, elle-même ?

— Ben, la Ferrari !

— Et comment tu penses que la Ferrari aurait parlé avec la Susi ? Crois-tu qu'elle est vite partie au Canada pour trouver ce qu'on fabrique tous les deux, espèce d'andouille ?

— Fais attention, hein ! Sinon tu vas avoir une interdiction de séjour ici, tu vas comprendre ! »

Je coupe là et me tourne encore une fois pour m'en aller quand il me grogne : « Peut-être qu'elle l'a raconté là, chez moi, à la Susi. »

Je commence à en avoir marre et me rassieds sur le tabouret du bar, me penche autant que je peux au-dessus du comptoir, attrape Wolfi par le col qu'il en perd le souffle. J'apprends alors que la Ferrari était là hier.

Je suis sans voix.

Je lâche Wolfi et respire un grand coup. Hier la Ferrari était ici, au bistrot, et elle a passé la soirée aux côtés de Simmerl et de la Susi ! Le plus harmonieusement du monde ! Je bois ma bière d'un trait, bien que Wolfi ait déjà mis sa trompe dedans, et m'en commande tout de suite encore une. Après, je rentre chez moi parce que cet imbécile de bistrotier ne sait rien de plus. J'essaie toute la soirée de joindre la Ferrari au téléphone, en vain évidemment.

La fête du maire est grandiose. La presse est là et la télévision régionale aussi. Il y a discours de louanges sur discours de louanges, d'innombrables congratulateurs, d'innombrables intermèdes musicaux et poétiques et bien sûr le sketch des dames de l'administration. Le maire avance majestueusement le long du couloir, ses laquais dans son sillage et parle avec les uns et les autres et finalement aussi avec moi. Il dit qu'il a besoin immédiatement et urgemment de quelqu'un pour faire traverser les élèves le matin et le midi, et ce dans la grand-rue pour aller à l'arrêt de bus.

« Mais il y a là un passage piéton bien matérialisé, fais-je remarquer.

— Ça ne fait rien, Eberhofer ! Nous ne voulons pas courir de risques. En définitive, les enfants sont notre avenir. » Et le voilà parti.

Rudi Birkenberger m'appelle plus tard et s'excuse de ne pas avoir téléphoné avant. Mais il est actuellement embringué dans une histoire de filature follement chronophage et ainsi, il n'est pas arrivé à s'occuper de mon truc. Je lui dis qu'il peut aller se faire voir. En fait, c'était ça que je voulais dire au maire et je n'ai pas osé. Du coup, je le dis à Birkenberger à la place. Parce qu'il me connaît comme s'il m'avait fait, il dit simplement : « Dès que je peux, c'est la première chose que je fais, Franz. Premièrement, aller me faire voir, et deuxièmement, traiter tes demandes, je le jure. Mais ça peut durer encore quelques jours. Je te rappelle. » Et ensuite il raccroche.

Comme ma journée est déjà plus que foutue, je passe, pendant mon tour avec Louis II, devant le domaine Sonnleitner. J'ai un soupçon d'espoir de rencontrer la Ferrari et dans le cas contraire, ça va me tuer. Exactement ce qui me manquait encore aujourd'hui : un peu de bleus à l'âme.

Mais elle n'est pas là, comme il fallait s'y attendre, et il faut que je me fasse diablement violence pour ne pas casser les fenêtres. Je n'y parviens pas tout à fait, et ce n'est que la fenêtre de la remise qui vole en éclats. Louis II appuie sa tête sur ma cuisse et on repart à la maison.

Là, le Papa vient de sortir de l'hôpital et le Léopold l'a ramené dans sa voiture. La Mémé a fait un rôti de porc aux pommes de terre pour fêter l'événement. Et le Papa s'exerce bien pitoyablement avec ses béquilles à marcher en direction du tourne-disque. Parce que j'en ai assez pour aujourd'hui, j'attrape ma part du repas, une bière, Louis II et me retire dans la porcherie de l'autre côté.

Le lendemain, à la première heure du jour, quelqu'un frappe à ma fenêtre que j'en tombe du canapé. J'ai mal dormi, j'arrive à peine à ouvrir les yeux. Quand j'ouvre la porte, la Roxana est là devant moi. Je suis plutôt surpris et elle le voit bien parce qu'elle prend tout de suite la parole : « Franz, il faut que tu m'aiaides ! Il faut que tu parles avec le Laiopold. J'ai faiait une aiairreur. Ça arrive à tout le monde. »

Je ne suis pas encore réveillé, je n'ai pas encore bu une gorgée de café et la seule chose à dire qui me vient à l'esprit à ce moment-là, c'est : « Tire-toi ! »

En me retournant, je vois du coin de l'œil que la Mémé est en train de sortir les ordures. Et la Mémé voit certainement aussi du coin de l'œil que la Roxana est à ma porte.

« Espèce de saloperie, espèce de misérable ! » se met-elle à crier. Elle traverse la cour en courant. « Mais tire-toi donc ! »

Et voilà qu' apparaît derrière la Mémé le Léopold en pyjama, alerté vraisemblablement par l'organe de la Mémé.

« Laiopold ! crie la Roxana.

— Roxana ! » crie le Léopold.

Et ils se précipitent l'un vers l'autre, exactement comme dans un film kitsch, et tombent dans les bras l'un de l'autre, incroyable.

Le premier jour à faire traverser les écoliers est exactement comme je l'avais imaginé. Je me tiens donc là avec mon bâton blanc sur le passage clouté, en complet uniforme avec le képi et les gants blancs. Tous les enfants me font des réflexions débiles, à l'exception peut-être des CP et CE1 qui respectent encore la police. Je ne veux pas retranscrire ici dans son intégralité tout ce que j'ai entendu, seulement ce qu'a dit le fils du maire : « Ben, le Papa a dit qu'il fallait lui donner un boulot pour qu'il ne tourne pas complètement dingue. »

Le deuxième jour ne commence pas très fort non plus, car la Mémé me découvre dans mes fonctions. Elle a appris par une de ses commères que le matin et à midi je suis là où je suis et à sept heures quarante-cinq, elle s'approche d'un pas vacillant, criant de loin : « Eh, Franz, c'est bien que je puisse te voir pour une fois en exercice ! Tu fais ça à la perfection ! Et tu es élégant ! Et tu peux arrêter les voitures comme tu veux, hein ?

— Exactement comme je veux ! » dis-je.

Et ça me donne une idée.

Pour faire plaisir à la Mémé et aux enfants aussi, je décide maintenant de faire traverser les écoliers un par un. Ce qui veut dire : arrêter les autos, un enfant peut traverser, les autos peuvent passer. Mais au maximum deux ou trois, ensuite, c'est à l'enfant suivant. Ça dure comme ça un moment, on se marre bien et en un rien de temps, on provoque un bouchon de première classe avec concert de klaxons. Avec quarante, cinquante écoliers, ça peut durer un bon moment pour les faire tous traverser. Et le bus scolaire arrive avec vingt bonnes minutes de retard parce qu'il était dans le bouchon.

Quand je reviens à mon bureau, il faut bien sûr que j'aille illico presto voir le maire, logique. Son visage est pourpre, il est de mauvaise humeur. Sans lui laisser le temps de moufeter, je dis : « Mais c'est ce que vous vouliez, non ? La sécurité pour nos enfants parce qu'ils sont notre avenir. Et on ne peut pas faire plus sûr, monsieur le maire. Aucun risque, vous comprenez : chaque enfant traverse la rue individuellement, sous mon escorte. Après ça, Moratschek ne dira plus que je ne prends pas mon travail au sérieux… Ah oui, une chose encore, monsieur le maire : Moratschek aimerait bien que je sucre quelques permis devant le club des Rouge-et-Blanc. Il dit que ces gens-là sont complètement bourrés quand ils rentrent chez eux. »

Là, il a l'air plutôt con, il faut dire. Et il est vraisemblablement aussi en rogne parce qu'il est toujours rond comme une queue de pelle quand il part du club. Une soirée comme ça au jus de pommes, ça gâche plutôt le plaisir, hein.

Le soir, à neuf heures et demie, je me poste devant le club et fais un alcootest après l'autre. J'esquive tout de suite les insultes en disant qu'ils doivent se plaindre au Moratschek ou au maire : je ne fais là que mon devoir.

Quelques jours plus tard, nous n'avons plus besoin ni de faire traverser les écoliers ni de retirer quelques permis, toutefois, l'opération m'a valu une visite chez Spechtl. Sur ordre de service de Moratschek.

Mais d'abord, on a la rencontre des anciens élèves de la classe. La vingtième, grand Dieu ! Et c'est un plaisir, quand on n'a pas vu les uns ou les autres depuis dix ou vingt ans. Après tout, on veut savoir ce qu'ils sont devenus.

La Gisela Simmerl a tout organisé et on se retrouve dans une auberge quelques villages plus loin. Flötzinger vient aussi, mais pas Simmerl vu qu'il était deux années au-dessus de nous.

J'arrive assez en retard parce que j'ai dû d'abord tondre. Ma punition, pour ainsi dire, pour avoir refusé de chercher les doigts de pied du Papa.

Quand j'arrive, il y a déjà une bonne ambiance et, entre les rognons et le gâteau au fromage blanc, on cancane sur les dernières années. Rainer doit s'abstenir parce qu'il est allergique à tous les produits des bovins du cru, sans parler des pollens qui sévissent en ce moment. Il a le visage plein de boutons, une pharmacie ambulante installée devant lui et, toutes les heures, il prend un médicament quelconque. Parce qu'en raison de mon allergie aux chats, je sais combien il souffre, je m'assieds à côté de lui et lui demande : « Dis-moi, Rainer, tu es allergique à peu près à tout, hein ?

— Ce n'est pas si grave, Franz, dit-il. Je supporte bien le fromage de foie et la bière. On peut survivre avec ça. »

Alors d'accord.

Le soir, il y a un buffet et après de la musique et on danse. On est là au comptoir et la Fanny est belle, mon vieux ! Avant, c'était plutôt le genre à faire tapisserie. Maintenant, on croirait qu'elle est sortie de sa boîte de bonbons. Flötzinger n'arrête pas de regarder dans son décolleté et tout d'un coup, il dit : « Tu as des nichons magnifiques, Fanny ! Tu veux danser ? » Elle n'a pas envie. Parce que, encore une fois, Flötzinger a commencé par faire un nœud au ballon. Il étanche la frustration de son âme et dit plus tard : « Je te le demande maintenant pour la toute dernière fois, Fanny : s'il te plaît, s'il te plaît, veux-tu nicher avec moi ? »

Mon Dieu !

À la fin, on chante tous les vieux tubes de Boney M et Status Quo, et ensuite je ramène Flötzinger à la maison et le rends à sa Mary.

« Puis-je demander ces nichons ? » dit-il en lui tombant dans les bras.

Deux jours plus tard, je suis chez le double Dr Spechtl et il y a devant lui sur son bureau un classeur incroyablement épais.

« Tout ça pour vous, Eberhofer, dit-il en tapant dessus.

— Aha.

— Mais ne croyez pas que ce soient les affaires que vous avez traitées. Ce ne sont que les plaintes déposées à votre sujet. Est-ce que cela ne devrait pas nous donner à penser, cher monsieur Eberhofer ?

— Et qui se plaint donc autant ?

— Ça n'a pas d'importance. Vous pourrez en prendre connaissance plus tard à loisir. Mais le temps m'est compté et c'est pourquoi nous devrions réfléchir à ce que nous allons faire de vous. Comment vous sentez-vous pour l'instant ?

— Pour l'instant, je sens que j'ai une faim de loup parce que le rendez-vous chez vous était tellement tôt aujourd'hui que je n'ai pas eu le temps de prendre un petit déjeuner. Et vous savez, quand on a l'estomac vide...

— Bon Dieu, Eberhofer ! me coupe-t-il. J'en ai rien à foutre de votre estomac. Votre psychisme est défectueux, voilà notre problème ! »

Il recule sur sa chaise et se masse le menton.

Votre psychisme est défectueux. Non mais, il déconne maintenant ?

« Qu'est-ce que je vais faire de vous ? » s'interroge-t-il, plutôt pour lui-même. Je hausse les épaules et regarde l'heure.

« Vous en êtes où maintenant dans votre quadruple meurtre ? » demande-t-il, et je le perce tout de suite à jour. Je hausse une nouvelle fois les épaules et dis : « Oh, le quadruple meurtre ? C'est tombé à l'eau, docteur. »

Il lève un sourcil et devient curieux.

« Qu'est-ce que vous voulez dire ? »

Ça y est, je l'ai !

« Eh bien, vous savez, si l'on considère les affaires indépendamment les unes des autres, donc hors contexte familial, je veux dire, ce ne sont que des accidents. Tragiques naturellement, mais juste des accidents. Et en règle générale, ça ne se passe pas comme ça, hein ? Mais les exceptions confirment la règle, comme je dis toujours. »

Il a mordu à l'hameçon. Je le vois à son visage. Il se détend tellement qu'il y a maintenant trois fois plus de peau qu'auparavant. Il se lève, fait le tour du bureau, pose sa main sur mon épaule et dit : « Oui, vous avez une vision tout à fait juste des choses, Eberhofer ! On peut encore tirer quelque chose de vous, n'est-ce pas ? »

Il rit. Sûr de sa victoire.

Ensuite, il me conduit à la porte.

« Eh bien, le temps qui nous est imparti est passé. Saluez bien Moratschek de ma part quand vous le verrez, et dites-lui qu'il doit arrêter le tabac à priser. Ça bousille les muqueuses, inimaginable. Je lui ai déjà répété cent fois mais il ne veut pas m'écouter. »

Oui, au fond, il reste un tocard d'oto-rhino-laryngo, même s'il bricole dans bon nombre d'âmes.

15

Je retrouve Rudi Birkenberger l'après-midi : tant qu'à être à Munich, autant joindre l'utile à l'agréable. On est assis au Jardin anglais, vu que le temps s'y prête, et nous suivons du regard les jupes courtes des filles qui passent sans arrêt sous nos yeux. Rudi n'a pas chômé ces derniers jours, sûrement parce que sinon je l'enverrais se faire voir.

Ainsi, il a découvert par exemple qu'Immo-Novum n'existe plus. Cessation d'activité et basta. Il a aussi découvert que la même direction a ouvert à peu près au même moment un bureau à Majorque. Il ne dit pas d'où il le tient, je suppose qu'il l'a lu sur une carte de restaurant.

En tout cas, il m'a apporté une brochure commerciale de l'ex-Immo-Novum, justement, sur papier glacé, épaisse de trente pages. Mais avec ce soleil qui me chauffe si merveilleusement le dos, je n'ai pas du tout la tête à lire des brochures commerciales ; je la mets de côté et on cause de nos vies privées.

Alors, j'apprends que Rudi a fait une faute grave, d'ordre purement technico-professionnel pour ainsi dire. Et en l'occurrence, il est tombé amoureux d'une cliente. Elle faisait suivre son époux parce qu'elle croyait qu'il la trompait. C'est tout con : ce n'est pas lui qui l'a trompée mais elle. Et en l'occurrence, avec Rudi. Une faute impardonnable ! Et maintenant, Rudi a des sueurs froides parce qu'il a peur que le cocufié le guette quelque part.

« Allez, Rudi, comment veux-tu que ça lui vienne à l'idée ? Tout le monde ne fouine pas dans la vie de ses semblables, comme toi.

— Peut-être que t'as raison, Franz. Tu sais, je crois parfois que je deviens parano à force de filer toutes sortes de gens.

— Tu devrais peut-être te chercher un autre job ?

— Tu peux parler ! Tu crois que t'as le job qui te va, toi ? Pas plus tard qu'aujourd'hui, t'étais chez Spechtl à cause de tes hallucinations. »

Maintenant il m'énerve, alors je ne dis plus rien et, au lieu de ça, je regarde dans le soleil qui fait justement un joli clin d'œil derrière la Tour chinoise.

Quand je rentre le soir, la voiture du Léopold est dans la cour. Il est en personne dans la cuisine et fait le pansement du pied esquinté du Papa. Je jette un œil aux casseroles de la Mémé et mets le couvert.

Je demande : « Où est donc ta chère Roxana aujourd'hui ? » parce que la curiosité l'emporte.

« Ça, je ne le sais pas, mon cher frère », dit-il en ricanant et en échangeant des regards de connivence avec le Papa.

Et alors, j'apprends que les embrassades de réconciliation n'étaient que combine. Parce que, en effet, le Léopold voulait récupérer l'argent que la Roxana avait retiré de son compte. Et comme elle est venue gratter à sa porte en gémissant, l'occasion était trop belle. Alors, le Léopold a dit : « Oui, bien sûr, mon trésor, je te reprends. Les bras grands ouverts même ! »

Et quand Roxy la Roumaine, toute repentante, lui a rendu son argent, il lui a retiré son pouvoir à la banque et l'a mise à la porte.

Quel roublard il fait !

Le Papa est suspendu à ses lèvres tandis qu'il lui termine son pansement.

« C'est bien comme ça ? » demande-t-il au Papa.

Celui-ci fait oui de la tête et me jette un regard plein de reproches, du genre : où sont mes orteils ?

Ensuite, la Mémé apporte le repas. Le Léopold tape dedans comme un fou, ce qui tient d'une part aux excellentes roulades de bœuf, de l'autre sûrement à son histoire d'argent-boomerang. Le Papa picore sans entrain dans son assiette, c'est ainsi qu'il fait toujours, maintenant, depuis son accident. Je ne peux que dire : le cygne à l'agonie. Il n'a toutefois pas perdu un gramme. Je suppose qu'il se remplit la panse quand nous dormons à poings fermés.

Après le repas, je fais mon tour avec Louis II, en 1-17, et en chemin, je rencontre Flötzinger. Il a son survêtement bleu-vert et il fait du jogging. Parce qu'il a remarqué qu'il n'a plus autant de succès avec les nanas. Et donc, il a décidé de faire quelque chose pour son apparence visuelle.

Il a déjà eu une phase comme ça. Dans sa toute jeunesse. Là, il s'était laissé pousser des bacchantes et avait commencé à courir. Ils étaient tout un groupe à cette époque. Un tas de jeunes gens, tous déguisés avec joggings et bandanas roses ou jaune clair, qui gambadaient dans nos forêts natales. En tête, Flötzinger. En meneur quasiment. Meneur en chef des bandanas*.

« Eh, Franz, dit-il, penché en avant et en soufflant comme un phoque. T'es au courant ? »

Je n'ai aucune idée de ce qu'il veut dire et je le laisse haleter un moment, puis je réponds : « Je n'ai aucune idée de ce que tu veux dire.

— Ben, oui, l'histoire avec le domaine Sonnleitner, dit-il en haletant.

— Quoi exactement ?

— Ben, que ça va être mis en vente.

— Comment ça, en vente ? Et d'où tu tiens ça ? La Ferrari t'a contacté ? Raconte ! »

Ce que j'apprends alors me coupe presque bras et jambes.

À savoir que Mme Margit Dechampes-Sonnleitner est en effet arrivée du Canada il y a quelques jours, pour vendre la maison. Ça, Flötzinger le sait de Simmerl parce que cette femme a fait ses courses à la boucherie-charcuterie. Si ce que la Susi a trouvé est exact, il doit s'agir ici de la propriétaire mentionnée en dernier lieu chez nous. Et si, comme je l'ai supposé, c'est la mère de la Ferrari, elle est malade du cancer et elle n'en a plus pour longtemps. Et maintenant, elle fait la moitié du tour de la terre en avion, rien que pour vendre ce fichu domaine. Pratiquement une tournée d'adieux, quoi.

Non, ce que je voulais dire en fait, c'est que je dois parler à cette femme. Déjà, pour contacter la Ferrari. Mais là, il est déjà neuf heures et demie et je préfère repousser ça à demain. En fin de compte, on ne tient pas à faire tout de suite mauvaise impression auprès de celle qui sera sa future belle-mère, si ça se trouve.

Malheureusement, je dois encore ramener Flötzinger chez lui parce qu'il s'est fait une ampoule en courant, incroyable, et qu'il ne peut plus faire un pas tout seul. Donc il s'appuie sur moi et au bout de trois quarts d'heure, je peux enfin le rendre à sa Mary.

« Il me semble que sans ton aide, il ne peut plus retrouver le chemin de la maison, ricane-t-elle.

— C'est simplement à cause de l'ampoule, dis-je comme ça.

— Un coup, c'est les ampoules au pied, l'autre coup, il est bourré ou c'est des nichons. Je commence à croire qu'il a la phobie de la maison, déplore-t-elle, toute triste.

— Peut-être qu'il a une allergie aux chats », dis-je parce qu'il ne me vient rien de mieux à l'esprit.

Le lendemain, je vais avec la Mémé chez Schlecker* parce qu'il y a une promotion sur le dentifrice pour les seniors. Certes, il coûte quand même le double des autres, mais pour la Mémé, rien n'est trop cher pour ses quenottes. Elle en achète toujours une quantité astronomique et aussi une tonne d'offres spéciales dont elle est persuadée qu'elle aura, un jour, un besoin urgent.

Un petit plaisantin a tagué devant l'enseigne lumineuse de la firme Schlecker un superbe A et un superbe R. La Mémé voit ça tout de suite, bien sûr, parce qu'elle a encore de bons yeux et me crie : « Regarde, Franz ! Quelqu'un a fait un Arschlecker* de Schlecker ! »

Je ne peux m'empêcher de sourire et acquiesce.

Même scène ensuite avec la caissière.

« Eh, mademoiselle ! Quelqu'un a fait un lèche-cul de votre magasin ! »

Bien sûr, la caissière ne sait pas que la Mémé n'entend rien et dit entre ses dents, pendant qu'elle scanne les articles en mâchant du chewing-gum et sans lever les yeux : « Je sais. »

Et, évidemment, la Mémé répète à pleins tubes : « Vous ne m'avez pas entendue, mademoiselle ? Dehors, c'est marqué lèche-cul en gros au-dessus de la porte ! »

Alors, la femme répond en criant comme c'est pas croyable : « Je vous ai bien comprise, Mémé. Nous savons depuis longtemps ce qu'il y a écrit dehors ! »

Tout à fait désagréable, je dois dire. Je fais signe à la Mémé et dis : « Moi aussi, je laisserais ça comme ça. Lèche-cul, ça convient parfaitement à ce magasin-là ! »

En rentrant à la maison, nous croisons le chemin du Klaus de RDA. Il sort justement d'une agence de voyages et traverse la rue pile devant nous. Mais comme je suis malheureusement en plein trafic, je ne peux pas m'arrêter. Je le suis du regard par-derrière et la Mémé dit tout d'un coup : « Pourquoi fixes-tu le livreur de Bofrost* ? »

À la maison, j'apprends alors, avec force gestes, qu'elle n'en démord pas : le type qui vient de traverser la rue a été avant livreur de Bofrost. Mais puisque Klaus est architecte, il ne peut pas être livreur chez Bofrost, basta.

Parce que la Mémé remarque bien sûr que je ne la crois pas vraiment, elle se met en colère. Elle n'aime pas du tout, en effet, qu'on pense qu'elle n'a pas toute sa tête. Elle me donne un coup de pied dans le tibia et s'en va.

16

Je commence par aller au domaine Sonnleitner. Mme Dechampes-Sonnleitner m'ouvre, l'air un peu surpris de voir la police à sa porte. C'est une femme très soignée mais sans la moindre ressemblance avec une Ferrari. Plutôt une Jaguar peut-être.

Parce que je ne veux pas tout de suite lui déclarer que je suis son futur gendre, je l'interroge d'abord sur la vente de la maison. Elle ne s'étonne pas que je veuille savoir ça, c'est vraisemblablement le genre de personne qui raconte tout à la police.

« Nous voulions vendre la maison depuis longtemps déjà, confie-t-elle un peu mélancolique. D'abord par l'intermédiaire d'une agence immobilière. Nous pensions qu'avec quelques travaux de rénovation, le chauffage et ainsi de suite, nous en tirerions un bon prix. Tel n'a pas été le cas, malheureusement. Pas de clients intéressés. Forcément, qui de nos jours peut s'offrir un tel domaine ? L'agence immobilière l'aurait alors bien voulu pour elle. Mais leur prix n'était pas acceptable. Tout simplement ridicule. Voilà pourquoi je suis ici : je vais maintenant essayer par moi-même. »

Aha.

« Aha », dis-je.

Puisque nous sommes déjà si en confiance, je l'interroge sur sa fille. Elle semble abasourdie : « Vous devez être mal informé, monsieur, mon mari et moi n'avons, hélas, pas eu d'enfant. »

Elle a des intonations françaises tout à fait charmantes.

« Une nièce, une petite-nièce, une cousine ? » je demande d'un air détaché.

Elle fait non de la tête, réfléchit un moment et refait non de la tête.

« Vous savez, c'est aussi la raison pour laquelle nous voulons vendre le domaine. Nous n'avons pas de descendance et passerons la fin de notre vie au Canada où nous vivons depuis de nombreuses années. Ça n'a pas de sens de garder tout cela ici. Et pour qui donc ? »

Elle regarde, un peu songeuse, la propriété.

« Mercedes Dechampes-Sonnleitner ? » dis-je pour la mettre sur la voie.

Non, elle ne la connaît pas, répond-elle.

Ça se corse !

« Chère madame, réfléchissez, s'il vous plaît, soyez précise. Je veux dire, ce nom n'est pas si fréquent. Sans compter que cette Mercedes que vous prétendez ne pas connaître a été en possession de la clé du domaine pendant des mois et entrait et sortait comme elle l'entendait. »

Elle fait encore non de la tête.

« Excusez-moi, monsieur, mais je sais quand même si j'ai une parente qui s'appelle Mercedes. Et je vous le redis encore une fois, non, il n'y a aucune Mercedes, nulle part ! En ce qui concerne les clés, Immo-Novum, je veux dire l'agence immobilière que j'ai mentionnée, était la seule à avoir une clé pour le domaine les derniers mois, sinon personne.

— Elle a même fait installer un chauffage, cette Mercedes Dechampes-Sonnleitner, dois-je faire remarquer plein de véhémence.

— L'installation du chauffage a été commandée au téléphone par mes soins et supervisée par Immo-Novum. La dame qui s'en est occupée s'appelle Kleindienst. Alexandra Kleindienst. Je peux volontiers vous donner son numéro de téléphone. Et encore une fois, il n'y a pas de Mercedes, nulle part ! »

Parce que premièrement, je ne trouve pas ces informations très réjouissantes, et que deuxièmement, il faut tout d'abord que je les digère, je prends congé.

Encore Immo-Novum ! Je vais au bureau parce que là-bas j'ai les documents que le Birkenberger m'a donnés et auxquels je n'ai pour l'instant pas jeté un seul coup d'œil. En outre, ma tête est prête à exploser car si on suppose que Mme Sonnleitner dit la vérité, alors la Ferrari n'a aucun lien de parenté avec elle, même par alliance. C'est incroyable et il faut que je tire ça au clair.

Quelques bureaux plus loin, c'est plutôt bruyant et là je me souviens avec horreur qu'aujourd'hui c'est l'anniversaire de la Susi. Il faut que je passe en vitesse le lui souhaiter, sinon ça va encore barder ! Quand j'arrive dans son bureau, l'administration communale est présente au grand complet et s'est adonnée à l'alcool. Craignant que la Susi pique de nouveau une crise, je lui fais juste un petit signe et lui adresse tous mes vœux par la porte entrouverte. J'ai à peine fait quelques pas dans le couloir que la porte s'ouvre violemment et qu'elle me crie : « C'est tout ?

— Non, je voulais simplement ne pas déranger. Tu as tellement de monde là-dedans et… »

Elle m'interrompt : « Et mon bisou d'anniversaire ? » dit-elle en me tendant sa bouche boudeuse. Bon, on est bien obligé de dire qu'elle n'est pas rancunière.

À la maison, la Mémé assise à la table de la cuisine disparaît pratiquement derrière une pile de prospectus. Il faut que j'explique que la Mémé collectionne et archive minutieusement tous les prospectus avec des promotions. Elle peut ensuite à tout moment comparer les produits, leurs prix, les dates et les promotions. Ainsi, elle a quasi une vue d'ensemble de l'inflation des quarante dernières années. Et maintenant elle est en train de fouiller dans ce ramassis et ça ne sert à rien de lui adresser la parole. Je m'ouvre une bière et m'assois à côté d'elle.

« Ah, Franz, c'est bien que tu sois là ! Regarde ! » Elle tire de la pile un petit catalogue de la société Bofrost.

« Bofrost. Super. » Je hausse les épaules. « Et qu'est-ce que j'en fais ?

— La dernière page, Franz, il faut que tu regardes la dernière page ! »

Allons donc à la dernière page.

Et là il est marqué : *Les suggestions de votre gentil livreur Bofrost*. Oui et alors ?

Je demande : « Oui, et alors ? »

Elle m'arrache la feuille des mains, la claque sur la table et pointe son index dessus.

« La photo ! crie-t-elle. Regarde donc la photo ! » Le cliché montre une voiture Bofrost avec une douzaine de livreurs Bofrost follement sympathiques et souriants. Au premier abord, je ne sais toujours pas ce qu'elle veut. Et puis je le trouve, Klaus. L'un de ces sourires est le Klaus de RDA. Sans aucun doute. Plus bas, un tampon avec la mention : *Klaus Mendel* et un numéro de téléphone. Je vais devenir fou !

Pas la Mémé : elle se recule, très contente d'elle, et me lance un superbe regard de triomphe par-dessus la table.

Le prospectus date de trois ans, est un peu jauni et maintenant saisi.

« Si tu veux savoir quelque chose sur lui, tu n'as qu'à demander à Liesl Mooshammer, elle était cliente. Pas moi, il était beaucoup trop cher pour moi », j'entends encore dire la Mémé quand je sors...

Liesl Mooshammer se souvient encore très exactement du Klaus de RDA.

« Ah, je l'aimais bien, dit-elle. Il avait la langue sacrément bien pendue, tu sais, Franz. C'était toujours sympa quand il venait, et avec son dialecte en plus…

— Qu'est-ce qu'il racontait donc de beau, ce M. Mendel ?

— Oh, il causait de tout. Par exemple de notre village. Ça lui plaisait bien ici, chez nous. Notre façon de vivre et tout. Parce qu'il ne connaît pas ça. C'est tout à fait autre chose, chez eux à l'Est, hein ? Il s'est même demandé s'il n'achèterait pas quelque chose ici. Tellement ça lui plaisait chez nous. Il regardait toujours un peu les maisons et les terrains, il prenait des renseignements. »

Aha.

« Aha, dis-je. Et pourquoi d'un coup n'est-il plus venu, le gentil bonhomme Bofrost ?

— Il a eu un autre secteur, je crois. En tout cas, je ne l'ai plus vu. Du moins, plus avec la voiture Bofrost. Je l'ai rencontré encore une ou deux fois en dehors du travail. Mais, comme je l'ai dit, ça lui plaisait vraiment bien chez nous. »

Elle marque une pause et crie d'un coup : « Tu passes prendre un café demain ? »

Pourquoi crie-t-elle comme ça maintenant et pourquoi faut-il que je passe prendre un café demain ?

Alors, je remarque qu'elle ne s'adresse pas du tout à moi mais à Mary, qui habite en face et est justement en train de ramasser son linge.

« Demain, ça ne va pas, Liesl. Parce que je dois conduire Ignace-Fyn au karaté et après chez l'orthodontiste. Après-demain, peut-être.

— Oui, après-demain, ça va aussi ! crie Liesl. Et n'oublie pas la réunion Tupperware vendredi ! »

Puis, elle s'adresse à moi : « Tu diras à la Lenerl qu'elle ne doit pas oublier la réunion Tupperware, hein, Franz ? Il y a un magnifique cadeau de bienvenue. Elle sera sûrement très contente. »

J'acquiesce. Oui, je n'ai vraiment plus rien à faire ici et je préfère m'en aller.

Maintenant, je me demande bien sûr comment ça se fait que le Klaus de RDA est un livreur Bofrost alors qu'il est architecte. Peut-être que c'était pendant qu'il faisait encore ses études. Mais Klaus n'est plus tout jeune, donc c'est à peine possible. À moins peut-être qu'il ait redoublé chaque semestre. D'après l'adage : « Mieux vaut deux fois qu'une. » Ce que je tiens plutôt aussi pour invraisemblable.

Ensuite, je me demande où est la Ferrari et comment je peux la joindre. Pas par téléphone de toute façon, ça, j'ai déjà essayé mille fois. Et en outre, je me demande bien sûr pourquoi elle prétend être Mercedes Dechampes-Sonnleitner alors qu'il n'y en a pas. En tout cas, pas en lien de parenté direct avec cette femme du Canada. À condition que celle-ci ne mente pas, évidemment.

Que de questions !

Bon, comme il est déjà tard et qu'aujourd'hui je ne pourrai probablement plus rien élucider, je vais chez Wolfi prendre une bière.

Quand je rentre à la maison après, le Papa est encore dans la prairie derrière la maison dans son vieux fauteuil à bascule. Louis II est allongé à ses pieds, et en me voyant il bondit et trémousse tout son arrière-train.

« Il fait beau aujourd'hui, hein ? et déjà bien chaud, dis-je comme ça.

— Assieds-toi un peu à côté de moi, Franz. De telles nuits sont rares. On n'a pas le droit de les passer à dormir.

— Si, on a le droit quand le lendemain il faut être à nouveau d'attaque.

— Allez, pourquoi tu dois être d'attaque ? » demande-t-il en tirant sur son joint que je découvre seulement maintenant. J'avais bien repéré l'odeur mais j'espérais que c'étaient les bougies qui sentaient comme ça. Je vais me chercher un verre à la cuisine et m'assois à côté de lui. Pendant un moment nous ne disons pas un mot, écoutant les grillons qui nous jouent une sérénade.

« Comment va ton pied ? » je lui demande au bout d'un moment. Il a à nouveau ce regard plein de reproches qui me met tout de suite très mal.

« Y en a marre de ces orteils, Franz ! Par chance, je ne me suis pas coupé les couilles. » Puis il rit et moi aussi, déjà rien que de soulagement.

Je me demande à vrai dire pourquoi il a besoin de ses couilles, je ne l'ai jamais vu avec une femme. Depuis la mort de Maman, il est seul et il n'a pas l'air de vouloir y changer quelque chose.

« En fait, je me demande bien pourquoi tu as besoin de tes couilles », dis-je, et je m'en veux tout de suite d'avoir prononcé cette phrase. Il regarde un certain temps au loin, boit une bonne gorgée de vin et déclare alors : « Ta mère était une femme d'exception, tu sais. Belle et intelligente et gentille. On n'a ça qu'une fois dans sa vie. Et quand on a eu ça une fois, alors, on ne veut plus rien d'autre, tout simplement. Rien qui soit moins bien, tu sais, Franz. »

Il a une tout autre voix que d'ordinaire et ça me touche jusqu'à la moelle. Et je sais exactement ce qu'il veut dire. Qui a eu un jour une Ferrari ne veut plus conduire une Golf.

Le lendemain, je suis, comme il fallait s'y attendre, fatigué. Et alors que je suis à la table du petit déjeuner et que j'essaie de garder mes yeux ouverts, le Papa en caleçon traverse la cuisine en traînant les pieds. Il va se prendre une eau minérale dans le frigo, la boit debout, lève la main en guise de bonjour et repart vers sa chambre. Je ne peux que dire : si c'est pas de la provoc, ça.

17

C'est trop bête, aujourd'hui il y a un carambolage sur la route nationale, impliquant huit véhicules. Ça arrive extrêmement rarement, mais toujours au mauvais moment. Maintenant j'ai une foule de paperasse à faire, incroyable. Et si je dois tout faire tout seul, je n'aurai pas fini à Noël. Jusqu'à présent, c'est la Susi qui m'a toujours aidé dans des affaires aussi importantes. Parce que, soyons honnêtes, en ce moment, ce n'est pas l'affolement dans notre administration communale. Comme j'ai depuis son anniversaire de bonnes cartes dans mon jeu, j'ose me pointer dans son bureau.

« Salut Susi. Tu sais, je… »

Je ne peux pas en dire plus, elle me regarde comme le diable l'eau bénite et braille : « Qu'est-ce que tu viens faire ici ? »

Je demande : « J'ai raté un truc ? parce que je suis surpris dans une certaine mesure.

— Je te l'ai déjà dit, je ne veux plus te voir, espèce de vieux satyre !

— Mais à ton anniversaire, tout allait bien à nouveau, Susi…

— À mon anniversaire, j'avais trop bu et ça ne compte pas ! Il n'y a plus de Susi qui tienne, et maintenant sors d'ici ! »

Je préfère donc m'en aller et, bon, on est bien obligé de dire qu'elle est plutôt rancunière.

Les jours suivants ne sont que stress à l'état pur parce que je dois convoquer une à une toutes les personnes impliquées dans l'accident et aussi remplir tout seul ce monceau de conneries. Le travail est ennuyeux et pénible et il n'y a même pas un seul mort là-dedans. Quand, en effet, il y a ne serait-ce qu'un mort, l'ensemble prend un tout autre caractère. En outre, on n'est pas obligé d'interroger les morts, ce qui épargne énormément de travail.

Non, dans cette affaire, il n'y a que deux traumas suite à des tonneaux, qui me les cassent avec leurs jérémiades, et sinon rien. Rien de spectaculaire.

Le plus grave en fait, c'est que ce minable sinistre de tôle froissée m'empêche d'approfondir l'essentiel. Mon quadruple meurtre, par exemple. Ou l'affaire avec le Klaus de RDA. Et bien sûr, avant toute chose, l'affaire avec la Ferrari.

Oui, tout ça doit rester en suspens simplement parce que quelques connards d'enfoirés n'appuient pas à temps sur le frein. Ça me fait gerber !

Birkenberger appelle je ne sais plus quand et met un peu de soleil dans ma triste vie de fonctionnaire. Il dit qu'il va passer quelques jours à Majorque avec son nouveau grand amour. Et quitte à être sur place, il pense qu'il pourrait rendre visite à la nouvelle agence immobilière. Donc, en pratique, voir ce que la direction de l'ex-Immo-Novum a récemment ouvert là-bas. Pas mauvaise, son idée.

On cause encore un peu du bon vieux temps et environ un quart d'heure plus tard mon vis-à-vis, un du sinistre de capot froissé, demande : « Pourriez-vous, s'il vous plaît, avoir vos conversations privées après le service pour qu'on puisse enfin avancer ? »

Je lance dans l'écouteur : « Eh, Rudi, je dois raccrocher maintenant. J'ai devant moi un automobiliste super important qui a percuté à toute blinde sept voitures simplement parce qu'il est trop con pour freiner. Il veut faire sa déposition maintenant.

— Dis-lui de revenir demain parce que là, c'est la pause de midi. » Je regarde l'heure et il a raison.

« Je suis désolé, dis-je comme ça en me levant. Nous devons malheureusement remettre ça à demain, parce que : regardez l'heure, vous voyez bien vous-même. C'est la pause de midi. »

Et je continue avec Rudi : « C'est bon, on peut reprendre. »

Et là, le capot froissé se met en rogne comme c'est pas permis. Crie dans le bureau qu'il a fait trente-cinq kilomètres pour venir jusqu'ici et qu'il a pris sa matinée exprès. Il va et vient comme un lion en cage, son visage devient cramoisi. Un coléreux hors pair.

Mais ça ne lui sert à rien parce que la pause de midi, c'est la pause de midi. Et l'après-midi, j'en ai convoqué un autre. Donc, pour aujourd'hui, j'en ai fini avec lui. Je lui dis ça comme ça mais il ne veut rien entendre. Et il ne veut pas non plus se calmer. Par précaution, je pose mon arme sur la table, mais ça ne l'impressionne guère. Au contraire. C'est plutôt comme si ça attisait encore davantage sa colère.

Il ne faut pas attendre longtemps pour que les vociférations attirent la moitié de l'administration communale dans mon bureau. Le maire vient et aussi la Susi, avec deux autres dames que pousse la curiosité. À la fin, même le concierge vient aussi, suivi du Papa qui m'apporte quelques petits pains chauds au fromage de foie. Il fait ça de temps en temps, mais aujourd'hui ça ne me fait pas tellement plaisir, parce que ça va déjà comme ça.

Tout le monde parle en même temps et le capot froissé continue de crier comme si on l'écorchait vif. Donc pas moyen de téléphoner.

« Eh, Rudi, je crois qu'il est préférable qu'on se rappelle. Parce que, tu entends toi-même… »

Puis je sors avec mon casse-croûte, m'assois avec le Papa devant la mairie sur le banc et prends enfin ma pause de midi bien méritée.

Sur toute la place du marché, on entend les cris de rage qui sortent de mon bureau et quelques visages inquiets me demandent ce qui se passe à l'intérieur. Je hausse les épaules et je mange mes petits pains chauds. Ils sont plutôt tièdes maintenant, mais encore délicieux. En même temps, il faut dire que Simmerl fait le meilleur fromage de foie de tout le canton. Oui, les gens viennent de partout tellement il est bon. Même quand il n'est que tiède.

À un moment, la Susi sort en courant de la mairie et crie : « Vite, Franz, il faut que tu viennes ! Le type vient de flanquer une raclée au maire ! »

Elle est tout énervée et me prend par la main, puis elle me traîne le long du couloir derrière elle, tout droit à mon bureau. Le capot froissé est assis à ma table de travail, blanc comme une quenelle de pommes de terre d'hiver, muet. Juste en face, notre maire, avec un énorme œil au beurre noir et le nez en sang.

Je dégaine mon arme.

Je crie : « Haut les mains et au sol ! » de manière assez convaincante, semble-t-il. En un rien de temps, en effet, la brute épaisse se retrouve sur le parquet et je lui passe les menottes. Le maire gémit. Il a l'air mal en point. Très mal même.

Bien sûr, ça a des suites, mon vieux. Coups et blessures, probablement graves, très graves, peut-être même mortels. Voie de fait sur autorité. Violation de domicile et que sais-je encore. Il me viendra bien encore tel ou tel chef d'accusation à l'idée.

Mais je commence par conduire notre maire amoché chez le médecin. Voyons la gravité des dommages corporels subis. Sans parler des dégâts psychiques, bien sûr. Et tout ça pour rien. Simplement parce qu'un individu ne sait pas conduire et qu'il se montre ensuite injuste envers un autre. Incroyable !

À la fête du village justement, quelques jours plus tard, j'apprends que l'avalanche de dépositions ne mènera à rien. Parce que, en effet, MM. le maire et le capot froissé ont trouvé un terrain d'entente. C'est vrai que le capot froissé a fait don d'une somme respectable pour la réfection de notre piscine. Et avec ça, on peut largement s'offrir un plongeoir de trois mètres. Le maire dit : « Pour la même somme, il aurait bien pu me mettre aussi l'autre œil au beurre noir ! »

Ce qui au moins aurait rétabli la symétrie. Je suis assez déçu : quelques dépositions de cette importance auraient évidemment arrangé magnifiquement mon dossier personnel, mais bon. En revanche, nous avons un plongeoir à la piscine. Grâce à moi, pour ainsi dire. Pratiquement une tour mémorielle Eberhofer.

Plus tard dans la soirée, l'orchestre des élèves de l'école joue et pas aussi mal qu'on ne l'aurait cru d'abord. Le Max boutonneux de Simmerl et cinq autres boutons mettent toute leur âme dans leur musique.

La Mémé s'est installée au tout premier rang pour voir quelque chose. Et parce qu'elle a toujours un penchant pour la jeunesse. Vieille, elle l'est, dit-elle elle-même, et Dieu merci sourde aussi, parce que, en effet, elle est juste à côté d'un ampli.

Donc elle est là et tape dans les mains. Un raisin sec en extase, tout simplement.

« *Burn, burn, mother fucker burn…* » piaille la jeunesse rurale, mais comme la Mémé ne peut ni comprendre l'anglais ni entendre, ce n'est pas si grave.

Simmerl s'assoit à côté de moi et secoue la tête.

« Qu'un truc pareil plaise à la Lenerl… dit-il en prenant une gorgée de bière.

— Mais, Simmerl, elle ne peut même pas entendre. Et ils ne jouent pas si mal, dis-je.

— Mal ? Qu'entends-tu par "jouer mal" ? Max joue extraordinairement bien ! C'est un vrai artiste ! Non, je ne veux pas dire la manière dont il joue, mais ce qu'il joue. Il a toujours si bien joué quand il était petit. De gentils morceaux bavarois. Et maintenant, écoute un peu ! Ah, la puberté… ça tue vraiment le talent ! »

Le lendemain est un dimanche et Rudi Birkenberger appelle pile pendant le déjeuner. Le Léopold me lance un regard lourd de reproches par-dessus son assiette parce que je trouble au plus haut point l'harmonie du repas avec ma téléphonite.

Mais ce que j'apprends alors est extrêmement intéressant et vaut bien un mauvais regard :

Rudi raconte en effet que l'agence immobilière à Majorque s'appelle effectivement de nouveau Immo-Novum et qu'elle est spécialisée dans la clientèle allemande qui achète et vend des propriétés immobilières commerciales.

Ce qui en soi n'est pas si extraordinaire. Ça commence à le devenir à la deuxième quenelle et au troisième raclement de gorge de Léopold.

En effet, Rudi raconte justement à ce moment-là que les propriétaires de la société s'appellent Alexandra Kleindienst et Klaus Mendel. Je m'en étouffe presque en mangeant ma quenelle, alors le Léopold me prend le téléphone des mains et raccroche. Par-dessus la table, le Papa jette au fils préféré un regard du genre « super bien joué » et je m'énerve comme pas possible. « Non, mais tu déconnes ou quoi ? » je crie. Je me lève en renversant ma chaise. Je cherche comme un fou dans mon porte-monnaie le numéro de Rudi et ne le trouve pas. Merde alors !

« C'est extrêmement impoli ce que tu fais là, la Mémé s'est donné tellement de mal à cuisiner ! dit saint Léopold.

— Exactement, ça ne se fait pas, tout simplement », dit le Papa.

Je trouve le numéro et embrasse la Mémé sur la joue.

« Vous me coûtez au moins dix ans de ma vie », dit-elle. Mais elle dit ça assez souvent, et je voudrais bien savoir jusqu'à quel âge elle vivrait sans nous.

Puis je vais dans la porcherie. Là, j'appelle Rudi et il me répète effectivement : « Oui, Alexandra Kleindienst et Klaus Mendel… Je l'ai noir sur blanc parce que je t'ai même rapporté une brochure. Eh, Franz, je vois justement qu'il y a même une photo des deux, dessus. Sur la plage au coucher du soleil. Plutôt kitsch, si tu veux mon avis, mais une photo quand même. Est-ce que je t'envoie la brochure ?

— En aucun cas, Rudi. Je suis à Munich dans deux heures. Ne t'en va pas, j'arrive direct chez toi. »

Maintenant, je suis premièrement assez pressé et deuxièmement décontenancé. Qu'est-ce que le Klaus de RDA a à voir avec Immo-Novum ? Ça devient de plus en plus mystérieux. Si je voyais Klaus et la Mémé ensemble sur la photo du coucher de soleil, ça ne m'étonnerait plus.

Ce n'est pas la Mémé qui est dessus, c'est la Ferrari ! La Ferrari alias Mercedes alias Alexandra Kleindienst qui sourit à l'objectif aux côtés de Klaus. Ils se tiennent bras dessus, bras dessous, devant le soleil d'Espagne rouge feu, et sourient complètement zens aux clients potentiels.

Maintenant je me sens mal, tu verrais ça, et Rudi me sert un schnaps ou plutôt deux ou trois. Alors ma langue se délie et je raconte à Rudi l'histoire du début à la fin, et finalement il dit : « En dehors du fait que la gonzesse s'est clairement foutue de ta gueule, l'affaire pue l'embrouille. À ta place, je m'accrocherais, peut-être que tu deviendras célèbre si tu résous l'affaire. »

Je me sens toujours mal, mais davantage à cause du schnaps maintenant, et je prends le premier train pour rentrer à la maison. Ça me suffit pour aujourd'hui, je ne vais même pas faire mon tour avec Louis II : il peut bien chier où il veut.

Le lendemain matin bien sûr, il boite comme un pirate à la jambe de bois. Il vaut mieux que je sorte tout de suite avec lui sinon il aura probablement un bandeau sur l'œil d'ici ce soir.

En chemin je réfléchis à Immo-Novum, à Klaus et à la Ferrari. En considérant tout depuis le début, c'est d'abord Neuhofer qui a attiré mon attention sur Immo-Novum. Car l'agence a acheté son terrain. Et ensuite, apparemment, elle l'a refilé à l'OTM avec une augmentation dingue.

Et si le Klaus de RDA et la Ferrari trempaient là-dedans, alors ils ont encaissé un sacré bénéfice. En se foutant bien de nous au passage.

Au bureau, je trouve la brochure que Birkenberger m'a donnée en premier, celle de l'agence de Munich. Je l'avais complètement oubliée à cause du bruit infernal de la fête d'anniversaire de la Susi. À l'intérieur, je trouve une photo du même genre, devant la Tour de télévision de Munich. Mais dessus, la Ferrari est encore seule à cette époque.

Je n'y crois pas !

Allons encore un peu plus loin. Si, disons, Klaus, employé à l'époque en tant que sympathique livreur Bofrost comme l'a dit Liesl Mooshammer, cherchait toujours un terrain et qu'il avait fini par en trouver un. En l'occurrence celui des Neuhofer. Rappelons-nous l'emplacement de rêve pour une station-service !

Oui, et alors tous ont voulu vendre, excepté le père Neuhofer. Alors il a dû tout simplement l'éliminer. Parce que, comment a dit Hans ? La porte de la maison était ouverte jour et nuit. Donc rien de plus facile que d'y entrer et de remettre l'électricité précisément quand le vieux est en train de rebrancher la nouvelle cuisinière.

Cela dit, combien de temps Klaus aurait-il dû attendre à la cave jusqu'à ce que l'opportunité se présente ? Mais bon, pour autant de pognon, on peut bien passer quelques jours tapi à la cave et puis, au bon moment, clic, actionner l'interrupteur.

Avec la mère Neuhofer ça a été beaucoup plus simple. Tous les jours à quatre heures du matin, elle partait en promenade dans la forêt parce qu'il n'y avait encore personne. Elle se promène donc en pleine nuit dans la forêt, et bourrée de médocs qui plus est. Là, c'est un jeu d'enfant de la pendre avec une corde au premier arbre venu. Pour quatre cent cinquante mille, forcément…

Je suis donc plongé dans mon travail jusqu'au cou et voilà que la Mémé vient faire un tour dans mon bureau avec un sourire en coin et une assiette de gâteau à la rhubarbe sur les bras. Elle fouille dans sa poche et en tire un papier qu'elle me dépose sur le bureau.

« Là, regarde Franz ! crie-t-elle en tapant sur la feuille de papier. Mon plan épargne logement arrive à échéance. Le mois prochain. Tu vas te faire une belle salle de bains dans ta porcherie, d'accord ? Comme ça, tu n'auras plus besoin d'attendre le matin que le Papa fasse sa crotte. »

Là, il faut peut-être que j'explique brièvement que la Mémé reçoit régulièrement le paiement de je ne sais quel plan épargne logement qui arrive à terme. Oui, continuellement peut-être pas, mais de temps en temps quand même. Parce que, pour elle, épargner est le premier des commandements. Ce commandement, c'est : Tu épargneras régulièrement. Et en matière d'épargne logement, c'est un vrai renard. Un renard de l'épargne logement, si on veut.

« Alors tu appelles tout de suite Flötzinger pour qu'il commence les travaux. Et dis-lui que cette fois c'est moi qui paie la facture. Pour qu'il soit au courant. »

Je lui crie : « OK ! Où veux-tu aller avec cette énorme assiette de gâteau ? » Mais, bien sûr, elle ne m'entend pas.

Quand je vais aux toilettes un peu plus tard, la Mémé est confortablement installée dans le bureau de la Susi, à boire le café et à manger le gâteau.

Oui, comme je l'ai dit, ce n'est pas l'affolement à l'administration communale.

18

Alors, j'appelle tout de suite Flötzinger parce qu'une salle de bains dans la porcherie, c'est le summum, bien sûr.

« Bonjour ! Vous êtes bien en relation avec l'entreprise Flötzinger, gaz, plomberie, chauffage. Je m'appelle Ignace Flötzinger. Que puis-je faire pour vous ? » J'entends fredonner ça dans l'écouteur et j'en reste comme deux ronds de flan.

Je demande prudemment : « Flötzinger ?

— Ah, c'est toi », dit-il plutôt déçu. Qui donc attendait-il ?

« Qu'est-ce que c'est que cette annonce que je viens d'entendre ? »

Alors, il me raconte en long et en large qu'il a été à un séminaire pour autoentrepreneurs et il y a entendu une ou deux propositions de perfectionnement à utiliser.

Doux Jésus !

Je lui demande quand il peut commencer ma salle de bains et il me répond : « Laisse-moi jeter un coup d'œil à mon *organizer* !

— Dis à ton *organizer* que j'y suis en première place et basta ! Ah, oui, c'est la Mémé qui paye la facture. Dis ça à ton *office !* »

Quand Flötzinger vient le lendemain pour prendre les mesures, on en arrive d'une manière ou d'une autre à parler encore de la maison Neuhofer. Parce qu'à l'époque il n'avait pas eu le chantier.

« Non, dit-il. Pas de commande de la part des Neuhofer. Ça m'a étonné aussi. Mais je ne veux pas m'imposer, bien sûr. Peut-être qu'un gars de son équipe de foot lui a fait un meilleur prix. D'après ce que je sais, il y a un artisan parmi eux.

— De meilleurs prix que toi, tout le monde en fait », dis-je comme ça, et je pense qu'il faut que j'aille d'urgence au club des Rouge-et-Blanc.

Après le dîner, je vais donc en voiture avec Louis II au stade de foot et je regarde un peu l'entraînement. Le gardien de but est toujours nul : à chaque tir un but, pratiquement. À un moment, l'équipe passe aux douches et je m'accorde pendant ce temps une bière fraîche à la cafétéria. Maintenant, il s'agit d'attendre. Comme d'habitude, les joueurs arrivent après s'être récurés et ont une soif incroyable.

Après la troisième tournée, je me lève et me joins à eux. Je dis que j'aurais quelques questions à cause de Neuhofer, parce qu'il y a des trucs qui ne collent pas.

Les langues commencent à se délier à cause de la bière, et tous ont quelque chose à raconter.

Et parce que tous veulent rentrer en voiture, ils se montrent très coopératifs.

J'allume donc mon dictaphone et le pose au milieu de la table. Puis, comme tous parlent en même temps et que, bien sûr, on ne peut pas voir à l'enregistrement qui dit quoi, je fixe une règle.

À savoir : celui qui a quelque chose à dire doit d'abord donner son nom avant d'attaquer. Et ça se passe par exemple comme ça. Le Bernd Steiner penché loin en avant sur la table, dit droit dans le micro : « C'est moi Steiner. Bernd Steiner. Je suis artisan. J'ai fait une offre à Neuhofer, que Dieu le garde, Flötzinger n'aurait jamais pu suivre. Parce que, de toute façon, c'est un suceur de sang, un de la pire espèce. »

Voilà qui est bien.

Maintenant, ils parlent gentiment chacun à leur tour dans mon dictaphone et j'apprends plein de choses que je ne savais pas encore. Mais le plus important, je l'apprends une fois le dictaphone éteint.

Il est déjà tard et on parle encore et encore des malheurs des Neuhofer. Que Dieu les garde !

Parce que le thème de prédilection à une table d'habitués, tout de suite après la politique et le foot, c'est les morts. Avant même les nanas.

Oui, et on en arrive au jour où les plombs du père Neuhofer ont pété. Au vrai sens du terme. Et les joueurs me racontent l'histoire comme le Hans la leur a racontée. Quand il respirait encore.

Et ça s'est vraiment passé comme ça : le Hans était agenouillé à côté de son père quand il a pris la décharge. La mère faisait des courses pendant ce temps.

C'est à ce moment-là que ça devient intéressant : je croyais, bien sûr, que si la mère faisait des courses, elle était dans un magasin, et que les deux hommes étaient seuls à la maison.

Faux !

En effet, la mère n'était pas dans un magasin, c'est le magasin qui était chez elle ! En l'occurrence, sous la forme d'un livreur Bofrost. Et au moment où la mère va chercher son portemonnaie à la cuisine, ça fait *crcrccr* et le père Neuhofer fait des étincelles.

Si c'est pas un hasard, ça !

Un livreur Bofrost était donc présent au tout premier accident. Ou, autrement dit : le Klaus de RDA a expédié de ses propres mains le vieux Neuhofer dans l'au-delà. Il n'a même pas eu besoin d'attendre dans la cave des jours entiers. Non, il a pu commettre ce crime sans la moindre difficulté.

La soirée valait le coup, ça, on peut le dire.

Pour la peine, je raccompagne chez elle l'équipe de foot au complet, gyrophare allumé même. Que la bière ingurgitée ne cause pas un stupide accident.

Malgré mes succès techniques d'investigation, trois problèmes majeurs me tracassent maintenant.

Premièrement, je ne peux ni ne veux comprendre que la Ferrari trempe dans tout ça. Ce délicieux petit chou à la crème qui, en l'espace de deux toutes petites heures, m'a montré le vrai sens de la vie. Et pas seulement sexuellement parlant. Non, j'avais déjà l'impression que nous nous comprenions sur tout.

Et maintenant, elle serait mouillée dans une histoire de meurtre avec Klaus ? Ça ne se peut pas. Il doit y avoir une autre explication.

Mais, comme j'ai deux autres problèmes, je ne peux pas m'en occuper pour l'instant.

Problème numéro deux : je vais avoir sous peu mes congés annuels. Ce qui n'est pas grave en soi, ou pour soi. Au contraire. Ce qui est grave, c'est les dates. Parce que je suis maintenant au beau milieu d'un quadruple meurtre qu'il s'agit d'élucider.

Malheureusement, je suis évacué de force de mon bureau pendant mes congés, sur ordre de service. Et c'est vraiment con. Comment veux-tu traiter ce genre d'affaire de chez toi ? C'est impossible. Aussi impossible que de suspendre mon enquête trois semaines. Qui sait qui le Klaus de RDA va exterminer encore d'ici là ?

Le troisième de mes problèmes, c'est la Susi. Parce qu'elle ne me dit plus un mot. Et que j'aimerais bien savoir, pour l'amour du ciel, de quoi elle a discuté avec la Ferrari le soir chez Wolfi.

Quand on a trois problèmes aussi graves, il faut bien essayer de trouver une solution à l'un d'eux. Je commence par la Susi parce qu'elle est assise deux portes plus loin et que, pour l'instant, ça me semble tomber sous le sens.

« Salut, ma chère Susi ! dis-je comme ça en entrant.

— Qu'est-ce que tu veux, trou du cul ? » me demande-t-elle en ricanant. Si elle sourit, c'est déjà un bon début.

« Ne te méprends pas, j'enquête dans une affaire extrêmement importante, et là, j'ai besoin de ton aide.

— Le maire est au courant de ton enquête ? » veut-elle savoir. Il vaut mieux que je ferme la porte du couloir.

« Euh, au courant… qu'est-ce que ça veut dire au courant ?

— Il le sait ou il le sait pas ?

— Susi, fais bien attention ! Il s'agit là d'un quadruple meurtre. D'accord, tu n'y comprends strictement rien. Mais ne me gêne pas dans mon travail pour autant, compris ? »

Elle lève pour la première fois le regard de son écran et le dirige droit sur mon visage. Elle ne dit rien mais ce regard ne me plaît pas. Et en plus, il faut que je lui pose des questions sur la Ferrari ! Ça ne va pas vraiment détendre la situation. Pour contourner l'écueil, je prends alors un ton sec, technique-Ferrari.

« Cette nana de l'autre jour qui a prétendu qu'on était en couple, elle est urgemment présumée coupable. Et pour ça, j'ai besoin de ton aide. Je dois savoir tout ce dont tu as discuté avec elle chez Wolfi. Mot pour mot. Allez, vas-y ! »

D'une certaine manière, mes paroles m'ont tellement motivé que je m'assieds sur son bureau avec décontraction. Très naturel, et sur une fesse seulement.

« Cette nana de l'autre jour a dit qu'elle te trouvait tellement mignon et que tu étais un super baiseur. Ça, elle l'a dit tout à la fin, quand elle était bien bourrée. Et on dit toujours que l'alcool déforme la vision de la réalité. D'un baiseur moyen, on fait un super-héros. Voilà, si c'était tout, moi, j'ai encore à faire ! » grogne-t-elle, quelque peu désagréable, et elle se consacre de nouveau à son écran.

Je suis assis là à brasser du vent et fais en sorte de m'éclipser.

Pour finir, je passe chez Simmerl parce qu'il participait aussi à ladite soirée. Après que je lui ai acheté cinq côtes de bœuf à un prix dingue, il devient bavard. Il raconte que la Ferrari n'était venue que pour déposer la clé du domaine. Elle allait rester un bon moment au Canada et, pendant ce temps, une gérance s'occuperait de la propriété. C'est comme ça qu'elle l'a formulé, dit Simmerl. Il n'en sait pas plus, après il a davantage causé avec Wolfi. Parce que la Ferrari et la Susi se sont visiblement comprises à merveille et avaient beaucoup de choses à se raconter.

Eh ben, super !

Quand je rentre, la Mémé est folle de joie à cause des côtes de bœuf et décide de faire un barbecue le soir. Le papa est moins fou de joie parce qu'il doit s'occuper du gril. Et ça, avec son pied esquinté.

Plus tard, nous sommes assis tous les trois et la Mémé a fait une salade de pommes de terre d'enfer. Avec des pommes de terre d'été, couleur jaune d'œuf, et un concombre. Un peu d'aneth, huile et vinaigre, sel, poivre et voilà. Alors, je pourrais dire, là, je lâche une côte de bœuf pour la salade de pommes de terre de la Mémé. Mais ce serait mentir. Parce que la viande tendre comme du beurre, encore un peu saignante à l'intérieur, est parfaite.

Tout aurait été impeccable si le Papa n'avait pas décidé de mettre son pied à l'air. Et pas seulement ça. Il ne l'a pas seulement sorti du pansement, il l'a aussi installé en hauteur. Pratiquement au milieu. De sorte que nous sommes assis comme suit : la Mémé, moi, le pied du Papa sur la chaise tout à côté de moi et puis le Papa. Et quand tu as sous les yeux un pied gonflé avec seulement trois orteils, tu n'apprécies que moyennement ta côte de bœuf, même si elle t'a coûté cher.

Le véritable gagnant de la soirée, c'est Louis II parce qu'il récolte les os. Les cinq. Lors de notre tour après ça, nous sommes tombés sur un autre chien et son propriétaire. Et au lieu de courir vers lui en ne pensant qu'à jouer, comme d'habitude, le cabot est passé la tête haute et a aboyé dit : « Hors de mon chemin, bouffeur de Frolic ! »

Ça, il ne l'a pas dit, bien sûr, mais c'était tout comme.

19

Après ça, Birkenberger appelle juste au moment où je rentre. Il crie dans l'écouteur qu'il va la tuer, la conne de bonne femme. Et il me faut un certain temps pour comprendre la situation.

Il semble maintenant que sa chère et tendre se consacre de nouveau à son époux. Et ce, pile au moment où Rudi avait pour elle une surprise de taille. En l'occurrence, il a réservé une chambre double dans un hôtel romantique de Majorque avec tout le tralala. Parce qu'elle aime tant Majorque. Ça lui a coûté une fortune, dit-il, et tout ça pour des clous.

Nous restons assez longtemps au téléphone et il se calme comme ça, peu à peu. Et au bout de deux heures et demie, quand je commence à en avoir assez, je dis : « Tu sais Rudi, ne baisse pas les bras. Je suis en congé à partir de lundi et là on va s'éclater, hein. »

C'était une erreur.

« Ah, à partir de lundi tu es en congé, tu dis ? demande-t-il, et rien que le ton qu'il emploie ne me laisse rien présager de bon.

— Oui, à partir de lundi. Bon, j'ai quand même beaucoup de travail, je peux tout au plus me libérer un soir ou…

— Magnifique ! » m'interrompt-il, et il a brusquement retrouvé sa voix d'avant. « C'est vraiment magnifique, Franz ! Parce que, en effet, dimanche après-midi nous montons gentiment tous les deux dans l'avion et partons pour Majorque ! Là-bas nous allons élucider le meurtre. Ton quadruple meurtre, tu comprends ? C'est merveilleux ! »

Merveilleux ? Épouvantable, oui !

Je ne sais plus ce que je dois dire. D'un côté, je ne veux pas lui retirer ses illusions, parce que sinon il va encore me déballer ses peines de cœur. D'un autre côté, rien ne me tente moins que de descendre dans un hôtel romantique avec Rudi Birkenberger et d'élucider une affaire de meurtre là-bas.

En dehors du fait que Majorque est en Espagne.

Je ne suis allé qu'une fois si loin en vacances. C'était en Turquie. Et c'était atroce. Tu ne voudrais même pas y être enterré ! La nourriture, les touristes, les Turcs, la chaleur, la clim. Je pourrais continuer à longueur de pages, mais je ne veux pas me montrer ennuyeux.

De toute façon, je ne partirai nulle part en avion avec Rudi Birkenberger, en aucun cas.

Surtout pas en Espagne. Point final.

Le dimanche après-midi, nous sommes à bord de l'avion pour Majorque et j'ai envie de vomir. J'ai, inconsidérément, raconté le plan de Birkenberger au Papa et à la Mémé. Et tous les deux étaient ravis.

Le Papa, parce qu'il dit que son garçon doit sortir et voir un peu le monde. La Mémé, parce que le voyage est offert, évidemment. Elle m'aurait bien envoyé sur les collines du Golan si ça avait été gratuit.

Je suis maintenant dans le Boeing, assis entre Rudi et un Suisse qui transpire et qui a le mal de l'air. Rudi a son caméscope et filme sans interruption, tout et tout le monde. Le Suisse est en hyperventilation.

Et je souhaiterais une machine à explorer le temps qui me propulse deux semaines plus loin dans le futur.

Notre chambre est romantique, douillette et parsemée d'environ un million de pétales de roses. On nous a déjà fait couler l'eau du bain et le champagne est au frais. Le bagagiste nous lance un regard de connivence en tendant la main. Je claque la porte et j'aimerais bien flinguer Rudi, mais je n'ai pas emporté mon arme.

« Splendide, n'est-ce pas ? » me crie-t-il de son embuscade. Et avant que j'aie pu dire ouf, il est déjà assis dans la baignoire et donne de grandes tapes dans l'eau : « Tu viens, chéri ! »

Avant de le noyer, je vais sur le balcon prendre un peu l'air et regarde de près le complexe. Ce que je vois n'est guère de nature à me réjouir. Et ça ne tient pas à la super piscine, ni à la plage de sable doré, ni à la vue irréprochable sur mer et encore moins au bar de la plage, absolument génial.

Ça tient bien plus à tous ces gens là-bas, assemblés par paires, qui se pelotent, se serrent dans les bras et se bécotent sans arrêt. Du romantisme pur, quasiment. Un hôtel quatre étoiles et demie. La demi-étoile en moins, c'est à cause des pédés, je suis prêt à le parier.

Je suis donc là et je regarde. Parce que je ne suis intéressé ni par ce spectacle ni par Birkenberger nu dans la baignoire, je descends au bar de l'hôtel et me jure d'être fidèle au tabouret du comptoir pendant quinze jours.

Je m'épargne ici le récit détaillé des jours suivants. La gêne d'être sollicité sans arrêt par des pédés ou des lesbiennes parmi les couples pour participer à telle ou telle soirée ou à Dieu sait quoi. D'être invité aussi à être un peu plus détendu et à assumer mon partenaire. Montrer ses sentiments, quoi. Et ce devant tout le monde ! Oui, je préfère m'épargner ce récit.

Toutefois, il y a aussi des événements qui valent à coup sûr le voyage. Par exemple, je rencontre la Ferrari. Par hasard. Bon, peut-être pas tout à fait par hasard, Birkenberger m'a bien sûr montré où est le bureau. Celui d'Immo-Novum. J'ai traîné devant un bon moment.

Et il n'a pas fallu si longtemps pour qu'elle passe effectivement devant moi. D'abord, elle ne m'a pas du tout reconnu. Elle ne s'attendait sûrement pas à me trouver, moi, ici et maintenant à Majorque. Je la regarde et je voudrais expédier Rudi sur la lune et la Ferrari dans mon lit de roses.

« Que fais-tu donc ici, Franz ? Je n'aurais jamais pensé te rencontrer », dit-elle, en insistant lourdement sur le « te » rencontrer. Mais sa surprise ne dure qu'un instant et elle se colle à moi que j'en reste baba.

« Je pourrais te demander aussi la même chose, Mercedes. Tu t'appelles bien Mercedes ? dis-je, et je me fâche tout de suite d'avoir pris un ton méfiant. Peut-être qu'on pourrait boire un café quelque part », je suggère alors, parce qu'au fond je ne veux pas entendre sa réponse. Quelques rues plus loin, on va dans un petit café et on se regarde.

Je pourrais ici et tout de suite la renverser et la déguster devant tout le monde, tellement elle est belle.

La peau bronzée et le rouge aux joues – magnifique !

Et son beau sourire !

Et comme elle prend ma main !

Et comme elle suce mon doigt !

Et comme elle repousse une mèche de cheveux de son front !

Comme elle boit son café !

Et comme elle place sa main sur ma cuisse !

« C'est beau ici, hein ? dit-elle avec un mouvement de tête lascif.

— Rien à redire.

— Ça te plaît vraiment ?

— C'est clair ! »

Pause. Pelotage des yeux.

« Tes cheveux sont déjà joliment blonds », murmure-t-elle en m'effleurant la tête. Très lentement.

« Le soleil.

— Ça fait longtemps que tu es ici ?

— Quelques jours. Et toi ?

— Tu es tout seul ? »

Elle a ignoré ma question. Mais recommence à sucer mon doigt.

« Tout seul, dis-je, parce que je préfère à ce moment-là refouler Birkenberger.

— Mârveilleux ! » dit-elle en suçant.

Tout cela se termine au coucher de soleil sur la plage, exactement comme dans les films que je n'aime pas.

Encore un peu sur une autre planète, je rentre vers minuit à l'hôtel et me prends une engueulade de Rudi, quelque chose d'incroyable. Parce que je n'étais pas là pour le repas et parce qu'il s'est fait du souci et ainsi de suite. Exactement comme un couple marié.

Je lui en colle une pour lui remettre les idées en place et en un quart de tour ça donne une très belle bagarre. Mais vu que je suis flagada à cause du sexe et que Rudi a un coup de soleil, ça ne dure pas longtemps et on laisse tomber.

« Vous vous en êtes donné la nuit dernière ! Je pouvais vous voir par la fenêtre », c'est la première chose que j'entends au petit déjeuner. La tantouse écope d'un regard du genre « casse-toi » et se casse.

La deuxième chose qui arrive à mes oreilles est tout aussi peu réjouissante et gâche mon repas.

« Tu lui as demandé ce qu'elle fait ici ? Ou quel est son vrai nom ? Ou ce qu'elle a à faire avec Mendel ? » demande Birkenberger en filmant pour la cinquième fois de la semaine le buffet du petit déjeuner.

« Tu veux me gâcher la journée ? je lui demande en retour.

— Non, mais sérieusement, Franz. Ne te laisse pas aveugler comme ça par ses nichons ! Tu as pourtant dit que quelque chose n'allait pas là-dedans. »

Il pose le caméscope et boit bruyamment son café.

« Dispense-moi de tes commentaires, espèce de donneur de leçons ! Je suis ici en vacances et même pas de mon plein gré. Tu as déjà oublié ?

— Mais une telle occasion de tirer l'affaire au clair, tu ne l'auras plus jamais !

— Il n'y a pas d'affaire, Birkenberger ! Rien que des accidents. Tragiques, certes, mais des accidents. Et si ce n'est pas le cas, je n'y peux rien.

— Putain, Eberhofer. Reprends-toi quand même ! Branche donc ton cerveau ! Il y a quelque chose de pourri avec cette gonzesse, ça pue l'embrouille ! Elle t'a soufflé la cervelle, nom d'une pipe ? »

Il parle assez fort maintenant et le mot « pipe » a la cote chez les pédés. Cela nous vaut quelques regards tendres.

Énervé, je tourne les talons. Et tout ce qui me vient encore à l'esprit, c'est : « À supposer qu'il y ait effectivement quelque chose comme un quadruple meurtre. Et à supposer que la Ferrari soit mouillée là-dedans, alors je vais régler ça ! Et tu es à coup sûr le dernier dont j'ai besoin pour ! C'est clair ? »

D'un geste assez théâtral, je jette ma serviette sur la table et m'en vais.

Je marche un bon moment sur la plage, relativement de mauvais poil. Je réfléchis et réfléchis et espère que bientôt il sera deux heures parce que j'ai alors rendez-vous avec la Ferrari. Je regarde ma montre toutes les minutes et il y a encore des heures d'ici là.

Alors je téléphone d'abord à la maison, parce que quand tu es dans une telle pagaille sentimentale, le seul salut est une voix familière.

C'est le Papa qui décroche parce que ça ne donnerait rien avec la Mémé. Il dit que tout va à merveille et que la Mémé va bien. Lui pas trop, parce que ses orteils lui manquent, évidemment. Il dit aussi que Flötzinger a si bien avancé dans la salle de bains que le carreleur peut intervenir maintenant. D'ailleurs, la Mémé a eu pour un prix ridicule une énorme montagne de carreaux dans un magasin de lots bradés, on pourrait paver toute la cour avec. Et bien sûr elle était contente.

Le Léopold est aussi en vacances, en l'occurrence en Thaïlande. Du *last minute* à un prix ridicule aussi.

Oui, c'est un vrai pays de Cocagne, chez nous. Je lui dis bien des choses et raccroche. L'aiguille des minutes a avancé de trois minutes.

Génial.

Ça va durer encore une éternité avant de retrouver la Ferrari. Alors, je m'allonge sur la plage et je regarde la mer.

Le Léopold en Thaïlande ! Ça, c'est bien lui. Il va probablement se chercher une Thaïlandaise maintenant qu'il en a marre des Roumaines. Je suppose qu'il se fera avoir quelques années et puis elle s'en ira. On ne pourra toutefois pas lui en tenir rigueur, ni à aucune femme, d'ailleurs. Laisser tomber le Léopold, c'est au fond la seule chose de bien que ces nénettes font de toute leur vie.

Oui, et comme ça mes pensées reviennent à la Ferrari. Ou mieux, à ce qu'a dit Birkenberger sur la Ferrari. Et parce que je ne voudrais jamais me retrouver dans la situation du Léopold, je dois au moins prendre en considération cette possibilité infime que Rudi ait raison. Qu'il ait raison et que peut-être elle joue même un jeu truqué. Peu importe si elle est belle et si elle me suce les doigts.

Donc, je me mets en marche bien avant l'heure convenue vers le bureau d'Immo-Novum.

Les locaux commerciaux sont au premier étage d'un vieux bâtiment imposant. Au rez-de-chaussée, un magasin de vêtements. Un grand portail en arrondi mène à la cour intérieure. C'est là que se situe aussi l'entrée des étages supérieurs. Une autre porte est ouverte et conduit sans doute au dépôt du magasin. En tout cas ça regorge de grands cartons, de vêtements sur des cintres sous plastique et de mannequins pour les vitrines.

Sur la plaque commerciale d'Immo-Novum figure seulement un numéro de téléphone ainsi que les heures d'ouverture. À côté, un bac en plastique avec des prospectus à disposition. Ce sont les mêmes que ceux que Rudi m'a déjà gentiment procurés.

Comme je reste là à réfléchir, j'entends des pas descendre l'escalier et, à travers la porte vitrée, je peux clairement reconnaître les superbes jambes de la Ferrari. Elle n'est pas seule, une deuxième paire de pieds est sur ses talons. Dans ma peur d'être découvert, je me retourne et disparais rapidement dans le dépôt du magasin de vêtements. Quand ils sont passés tous les deux, je jette un coup d'œil par la porte entrouverte. Et là, carrément sous mes yeux, la Ferrari et le Klaus de RDA traversent la rue rapidement. Il passe le bras autour de sa taille.

Non mais, ça va pas ?

Quelques mètres plus loin, ils montent ensemble dans une voiture. Et les voilà partis.

Merde.

Je rentre à l'hôtel. Qu'est-ce que j'ai encore à faire ici de toute façon ? Rudi est sur la plage et filme la mer, pour la centième fois environ.

« Alors, trouduc, tu t'es calmé ? » demande-t-il, et je m'assois à côté de lui. Parce que je ne peux pas faire autrement, je lui raconte ce que j'ai vu en sachant à l'avance ce qu'il va dire. À savoir : je t'avais pas prévenu ?

« Je t'avais pas prévenu ? Elle est mouillée là-dedans jusqu'à son joli petit cou, je te parie. Et encore, si elle ne les a pas elle-même tous les quatre... »

Il fait un mouvement de la main pour se trancher la gorge.

« La Mercedes n'est pas une meurtrière ! Elle est tout au plus la partenaire commerciale d'un meurtrier ! fais-je remarquer.

— Bien ! Faisons un pari, Franz ! Si tu la rencontres aujourd'hui et qu'elle peut te donner une explication valable, je me tairai pour toujours. Sinon, tu vas finir par faire ton enquête, compris ?

— Et sur quoi elle doit s'expliquer ?

— Par exemple sur son faux nom. Ou pourquoi elle n'a jamais mentionné qu'elle avait une agence immobilière ? Qui a, par le plus grand des hasards, acheté la maison Neuhofer. Ou pourquoi il n'y a plus de bureau à Munich alors qu'il y en a un à Majorque ? Il y a un tas de questions. Et maintenant, reprends-toi un peu et ne fais pas l'amant blessé ! »

Oui, Rudi me connaît comme personne.

« Le Léopold est parti en Thaïlande, dis-je pour changer de sujet.

— En Thaïlande ? Mais pas avec une femme quand même ? demande Rudi.

— Sans femme !

— C'est rationnel. Sinon, ce serait comme aller à la fête de la Bière en emportant sa bière, dit Rudi, et je ne peux m'empêcher de ricaner.

— En plus du fait que sa femme s'est déjà tirée.

— Aha », dit Rudi, et il saisit son caméscope.

20

Je suis ponctuel au rendez-vous et pose mes questions. Elle est à tomber par terre et aujourd'hui elle a aussi le bonnet avec elle. Le bonnet est tout fou en me voyant, parce que je sens Louis II, je suppose. En tout cas, après, il se love contre mon ventre et il n'est plus question de sexe. Mais chaque chose en son temps.

Nous commençons par nous promener main dans la main dans les petites rues, puis on s'assoit quelque part pour prendre un café. Une fois que le garçon nous a servis, je suis sur le point de poser ma toute première question, mais elle me devance.

« Je suis si contente que tu sois là, Franz », dit-elle très sérieusement, les yeux brillants.

C'est comme si toutes mes questions s'étaient envolées. Et elles le seraient sûrement restées si je n'avais pas soudain aperçu derrière sa frêle épaule Birkenberger. Oui, il est là, sur le trottoir, de l'autre côté de la rue en train de nous filmer, sans la moindre gêne. Eh bien, s'il n'est pas fêlé celui-là ! Je presse notre départ, elle ne comprend pas mais je dis simplement que je veux descendre à la mer.

À peine sommes-nous bien installés, détendus à regarder les vagues qui clapotent sur le rivage, que… voilà le Birkenberger ! Dans un pédalo ! C'est incroyable. Là, en train de filmer la plage.

« C'est sûrement un gars qui fait des photos pour les catalogues d'agences de voyages. Regarde, Franz, il nous filme. On nous verra peut-être bientôt sur un prospectus, dit-elle en souriant à Rudi.

— Peut-être, dis-je. Ou c'est un de ces voyeurs, qui après à la maison se… »

Elle m'interrompt : « Non, sûrement pas ! Il a l'air très gentil ! »

Je me lève et fais quelques pas vers le rivage.

« Maintenant, casse-toi, espèce de pervers ! » dis-je en criant en direction de la mer. Rudi commence à pédaler et le voilà parti.

« Tu vois, c'était un pervers », dis-je.

Malheureusement, la situation n'est pas un poil plus passionnée, parce que, comme je l'ai dit, le bonnet fait sa sieste tout contre mon ventre.

Vu que l'ambiance est déjà foutue, je pose une foule de questions, toutes à la fois, sur un ton plutôt brusque et à peu près ainsi : « Pourquoi es-tu à Majorque et pas au Canada ? Et qui est Alexandra Kleindienst ? Et Mercedes Dechampes-Sonnleitner ? Pourquoi racontes-tu que le domaine Sonnleitner t'appartient alors que tu n'es que l'agent immobilier ? Et combien d'argent as-tu gagné avec la maison Neuhofer ?

Pourquoi n'as-tu pas entendu lors de cet accident suspect la pétarade de la vieille trottinette de Neuhofer, alors qu'on aurait pu l'entendre à des kilomètres à la ronde ? Et pourquoi Klaus est-il livreur Bofrost alors qu'il prétend être architecte ? »

Oui, peut-être pas particulièrement habile, mais au moins je l'ai complètement surprise. Elle me regarde avec de grands yeux et dit : « C'est un interrogatoire ou quoi ? Tu es ici pour le service ? »

Elle se relève d'un bond, m'arrache le bonnet du ventre et s'en va en tapant des pieds. Parce que je ne sais pas sous quel nom je dois la rappeler maintenant (Mercedes ! ou Alexandra ! ou Ferrari !), je laisse tomber. Et de toute façon, au fond, je ne veux pas de réponse à toutes ces questions idiotes.

Dans la chambre d'hôtel, je commence par demander à Rudi s'il déconne.

« Qu'as-tu découvert ? demande-t-il.

— Rien du tout ! » Je me jette sur le lit en faisant voler les pétales de rose.

« Moi, si, Eberhofer ! »

Il va à la fenêtre et marque intentionnellement une minute de silence pour me rendre fou.

Je lui crie : « Quoi donc, nom de Dieu ? », et il est satisfait. Il se retourne avec un sourire suffisant.

Alors j'apprends que, après son tour en pédalo, il a bu un café tout près et qu'il ne nous a pas perdus des yeux une seconde. Et quand la Ferrari m'a planté, elle est passée rapidement juste devant lui. Elle est passée rapidement juste devant lui en téléphonant. Et en l'occurrence, elle a dit : « Ça commence à sentir le roussi, ici ! »

Silence.

« Oui, bien sûr, je sais que c'est un psychopathe et que de toute façon, personne ne le prend au sérieux. Mais on ne devrait pas réveiller le chat qui dort. Il est encore là toute une semaine. Je prends le premier vol pour l'Allemagne et alors je serai hors de portée. »

Silence.

« Comme tu le sens. À plus tard. »

Bon, il faut l'avouer, dans un premier temps, je n'ai pas cru Birkenberger. Mais après qu'il m'a eu montré la scène sur son caméscope, j'ai trouvé ça quand même assez convaincant. En plus, Rudi a couru derrière la Ferrari pour comprendre chaque mot. Et elle s'est brusquement retournée et a hurlé : « Tu te casses maintenant, espèce de cochon pervers ! »

Nous voilà maintenant assis au bord de notre lit romantique, tous les deux sans voix.

Nous laissons tomber le repas du soir et allons direct au bar de la plage : étancher notre frustration nous paraît aujourd'hui le seul choix pertinent.

À un moment quelconque au petit matin, on commence à se disputer, mon vieux, faut voir ça ! Parce que, dans son ivresse, Rudi me reproche d'être aveuglé et incapable de reconnaître une affaire en or. Je ne deviendrai jamais un flic valable, il ajoute. Après une journée de merde comme celle-ci, ce sont tout à fait les mots dont j'ai besoin. Après que je l'ai engueulé en lui disant qu'il passerait sa vie à renifler les traces de cocufiés, on est tous les deux vexés et on va au lit.

Le lendemain, un coup d'œil sur le réveil m'indique que j'ai raté le petit déjeuner. Un mal de tête indescriptible m'indique en outre que j'ai raté le dîner hier et nettement dépassé le seuil d'alcool toléré dans le sang. Après la douche, je trouve sur la table du balcon un excellent petit déjeuner, un sachet d'aspirine et un mot de Rudi :

Bonjour mon chéri !

Je te conseille vivement de rendre visite au Klaus de RDA après avoir mangé. Il est temps. Mais n'essaie pas de parler avec lui dans son bureau, c'est trop dangereux ! Choisis peut-être plutôt la remise du magasin de vêtements. Et maintenant, passe à l'action !

Je t'aime, Rudi.

Trouduc. Après le petit déjeuner et l'aspirine, ma forme revient et, après quelques longueurs de piscine, je suis un homme neuf. Pas de Rudi dans le secteur. Comme les paroles de la Ferrari ne veulent pas me sortir de la tête, je me mets en marche vers Immo-Novum.

Après avoir traîné un certain temps devant, je prends finalement mon courage à deux mains et compose le numéro de téléphone qui est sur la plaque commerciale. Effectivement, l'architecte Bofrost répond : « Klaus Mendel, agence immobilière Immo-Novum. Que puis-je pour vous ? »

Il doit avoir fait le même séminaire de formation que Flötzinger.

« Ce que tu peux faire pour moi, je vais te le dire tout de suite : bouge-toi le cul et descends. Je suis juste devant la porte de ton bureau ! »

C'est incroyable, il me reconnaît aussitôt, sans que j'aie dit mon nom. Il ne tarde pas non plus à dévaler les marches quatre à quatre. Il vient vers moi très décontracté comme il sait l'être, le bras tendu, il me serre la main et dit : « Franz ; mais c'est épatant ! La Mercedes m'a dit que tu étais ici. J'ai fermé le bureau, allons donc prendre un bon café quelque part ! »

Il ne manquerait plus que ça, prendre un bon café quelque part en Espagne avec le Klaus de RDA hautement suspect !

« Chic, ce T-Shirt Jägermeister. Très original », continue-t-il à fredonner en tirant nerveusement sur mon T-Shirt.

Une horde d'enfants passe devant nous en courant et entre dans la cour intérieure, ils entament des jeux d'un niveau sonore défiant toute concurrence. J'attrape Klaus par le coude et on entre dans le dépôt. En même temps, je fouille dans la poche de ma veste pour trouver mon dictaphone et je l'allume.

En douce, bien sûr. Vu que pour des raisons technico-sécuritaires, il est interdit de prendre des pistolets à bord d'un avion, je n'ai pas d'arme maintenant et je trouve ça con. Surtout au moment où il ferme la porte.

Après ça, un calme relatif s'installe, on n'entend presque plus les enfants, juste le bruit régulier d'un ventilateur. Klaus n'a plus aussi fière allure que précédemment et je me demande si ça tient à sa mauvaise conscience ou à la lumière du néon.

« Que veux-tu exactement de moi ? » me demande-t-il. Sa cordialité exagérée semble soudain envolée.

« Pour faire court, je crois que tu as trucidé quatre personnes à Niederkaltenkirchen et accessoirement encaissé quatre cent cinquante mille euros.

— Ah, arrête donc ! » répond-il. En fait, il le dit en dialecte, dans son dialecte d'Allemand de l'Est. Mais comme ça me cause carrément des douleurs corporelles de raconter ça comme lui, j'en reste à ma langue habituelle. Donc au haut allemand.

Il me regarde et se tait.

Il a les bras croisés sur la poitrine et ne pipe pas mot. Il faut bien qu'il y en ait un des deux qui dise quelque chose, alors je le fais.

« Maintenant, j'aimerais beaucoup savoir comment tu as fait tout ça. Et comment tu en as eu l'idée surtout. Oui, peut-être auras-tu l'obligeance de me donner accès à ton cerveau malade.

— Qui de nous deux a un cerveau malade, la question reste posée. »

Il se racle la gorge, se masse le menton. « Mais comme tu veux. Je vais te raconter. Afin que tu saches ce qu'est la réussite. De toute façon, tu ne pourras pas t'en servir. Parce que, tu vois, tu es seul ici. Et que tu es connu partout comme un maboul. Alors qui te croirait ? »

Je dois dire que la situation semble se détendre terriblement. Parce que, en quelque sorte, a été dit ce qui devait être dit. Détendus à l'extrême, donc, nous nous asseyons sur quelques cartons et Klaus raconte ses petites histoires sanglantes que j'en reste baba.

« Je commence par le début, pour ne pas surmener ton intelligence », précise-t-il en sortant de la poche de son pantalon une boîte de cachets. Il prend quelques comprimés et triture l'emballage vide.

Bruit de papier froissé.

« Tout est parti du vieux Neuhofer. Parce qu'il ne voulait pas vendre, tout simplement. C'est-à-dire que d'abord il avait, un court instant, envisagé de vendre et puis il était assez vite revenu dessus.

— Mais l'affaire était trop tentante...

— Oui, c'était très tentant, c'est clair. En plus, on avait l'OTM aux fesses. À l'époque où le Neuhofer en était encore à réfléchir, la Mercedes avait déjà montré la parcelle au directeur de l'OTM. Ce fut une erreur. À partir de ce moment, ils ont absolument voulu cet emplacement. À tout prix.

— Alors, il a fallu qu'il dégage, le vieux Neuhofer, hein ?

— Ce n'était pas prévu, si c'est ça que tu veux dire. Du moins, pas dans ce premier cas. »

Il se lève, s'appuie au mur. Il tourne l'emballage de comprimés vide entre ses doigts.

« Ne fais pas durer le suspens ! Je veux descendre à la plage avant le coucher du soleil.

— Le jour dit, je me trouvais par hasard chez les Neuhofer en tant que livreur Bofrost.

— Tu m'en diras tant ! »

Il me regarde, l'air quelque peu énervé.

« Ce n'est pas drôle si tu m'interromps sans arrêt.

— Et puis quoi encore, on n'est pas là pour que tu trouves ça drôle !

— Bon, ce jour-là, comme d'habitude, Mme Neuhofer a regardé le catalogue et a passé sa commande. Au même moment, son mari branchait la nouvelle cuisinière en jurant copieusement. À cause des vieux circuits électriques et tout ça. Mme Neuhofer a commencé à se plaindre en disant que tout était affreux dans cette vieille maison, que tout y était fichu, du sol au plafond. Et qu'elle allait devenir folle en bordure de cette foutue route.

— Et d'un trait, tu l'as délivrée de son horrible misère.

— Tu veux savoir ou pas ?

— Va au but !

— D'une certaine manière, tout est allé très vite. Mme Neuhofer est partie chercher son porte-monnaie, lui s'est remis à jurer. Moi, j'étais dans le couloir, juste devant le tableau électrique ouvert.

— Et là, tu as pété les plombs.

— Si tu veux. J'ai tout simplement actionné l'interrupteur général et tac, le fusible était dedans et *crcrcr*, il n'y était plus.

— Et Neuhofer était mort.

— Et, Neuhofer était mort. Tu ne peux pas t'imaginer...

— Épargne-moi les détails. Et la suite ?

— Ben, personne n'a trop posé de questions. Accident du travail, voilà. La femme et le fils l'ont mis sur le compte de ses nerfs en mauvais état : il était énervé, il n'arrivait pas à se concentrer et, du coup, il avait oublié de couper le courant.

— Alors, tu as pris goût au sang et la mère Neuhofer a été ta victime suivante.

— C'était ce qu'il y avait de mieux à faire. » Il rit, un peu amer, en triturant l'emballage.

« Tu comprends, maintenant que le vieux était mort, elle avait soudain changé d'avis ! C'était elle qui ne voulait plus vendre, en aucun cas. "Le Papa n'aurait pas voulu ça..." "Le Papa n'aurait pas voulu ça..." répétait-elle sans cesse. À quoi il faut ajouter ses dépressions. Elle n'était plus tout à fait elle-même quand je venais chez elle avec la voiture Bofrost. Elle entrebâillait à peine la porte et disait qu'elle n'avait besoin de rien, absolument rien. Je lui disais alors de ne pas s'enfermer comme ça, d'aller prendre l'air et ainsi de suite. Et elle répondait qu'elle sortait la nuit prendre l'air.

— Alors, ça a fait tilt.

— Oui, c'est ça. Ce fut un jeu d'enfant. Au fond, je crois qu'elle était contente de ne plus revenir dans cette horrible maison. D'ailleurs, elle m'a lancé un regard de reconnaissance.

— Mais tu es pervers !

— Non, je suis sérieux. »

L'emballage de cachets se déchire juste au milieu. Il le jette.

« Continue, on a encore le frère. L'aîné des fils Neuhofer.

— Encore la même chose. À peine la mère était-elle morte que le crétin ne voulait plus vendre. Sa conscience, par rapport à ses parents, a-t-il dit. À gerber !

— Alors il y a eu l'accident du conteneur. Ça n'a pas dû être aussi facile que ça, je me trompe ?

— Avec le temps, tu vas rire, on acquiert un certain sens des méthodes à employer. Le coup du conteneur ne fut qu'un exercice de calcul, rien d'autre. Le poids, la distance, les caractéristiques du mousqueton et ainsi de suite. Quand j'ai su où le conteneur allait tomber, il ne me restait plus qu'à placer la victime dessous. Ensuite, j'ai simplement fait un pari avec lui. J'ai dit qu'il était trop lâche pour se mettre dessous, qu'il n'oserait jamais.

— Mais il a osé. Affaire d'honneur. » Klaus acquiesce et se rassoit sur un carton. Il se penche vers moi et je sens son souffle.

Les enfants dans la cour poussent des cris stridents.

Je n'ai pas d'arme sur moi.

Je me recule, ça fait plus sûr de soi. Mon regard parcourt le dépôt. Y a-t-il quelque part ici un couteau ? Un poignard ? Une grenade ?

Rien.

« Venons-en à l'accident de scooter », dis-je et ma voix vacille. On n'est pas tous les jours, sans aucun moyen de défense, les yeux dans les yeux avec un quadruple meurtrier dans un dépôt de vêtements espagnol.

« L'accident de scooter… Ça, ce fut délicat. »

Il éclate d'un rire sardonique.

« Un policier de village en extase ! »

C'est de moi qu'il parle ?

« Je t'ai vu en premier avec ton imbécile de cabot, sur le chemin du domaine Sonnleitner. »

C'est de Louis II qu'il parle ?

« Je lui ai dit qu'elle devait s'en occuper. »

C'est de la Ferrari qu'il parle ?

« Maintenant, sois clair, mon gars, dis-je, et j'envisage sérieusement de le menacer avec un cintre.

— On était prêts à mettre les voiles quand tu es arrivé. Le moment était mal choisi. Qu'est ce qu'on pouvait faire ? Alors la Mercedes t'a embobiné. Elle a su y faire, j'ai vu ça… »

Il rit.

« Tu étais là quand nous…

— À côté. »

Le cintre prend soudain une tout autre valeur. Il est en métal. Avec un coup bien envoyé…

« Oh, le petit Franz… il a fondu… Mon Chéri… »

Je continue à le tanner : « Donc l'accident de scooter.

— On a eu vent de ta conversation avec Hans Neuhofer. Il t'avait dit qu'il passerait le lendemain à ton bureau pour te raconter un certain nombre de choses. C'était trop dangereux pour nous, bien sûr. Et comme on savait que le soir il passait toujours par ici, on a tendu un rouleau de fil de fer en travers de la route et après on a entortillé la laisse du chien autour du pneu avant. Bon, et tu connais la suite. »

Silence.

« Et maintenant, qu'est-ce que t'as l'intention de faire ? demande-t-il en ricanant.

— Une dernière question : tu es bien architecte, en fait. Alors pourquoi livreur chez Bofrost ?

— Autrefois j'étais un étudiant assez peu motivé. Et je n'avais pas un sou. À un moment, j'ai arrêté mes études et je me suis débrouillé comme chauffeur-livreur. Ensuite, j'ai rencontré la Mercedes. Et alors, ça a parfaitement fonctionné. Elle s'occupait de trouver des clients, moi du parc immobilier. Ça a toujours fonctionné à merveille, je peux te dire. Et ça va continuer comme ça.

— À voir, dis-je en me levant. Vous n'avez plus de bureau en Allemagne. Vous avez l'intention d'exterminer les Espagnols maintenant ?

— À voir, ricane-t-il derrière moi. On a fini ?

— Pour aujourd'hui, oui. »

On se serre la main en se quittant.

Je lui dis : « Je t'aurai ! »

Il rit.

« Laisse tomber ! »

Et chacun s'en va de son côté.

Malheureusement, force est de constater que l'enregistrement sur mon dictaphone est de piètre qualité. La seule chose qu'on peut vraiment entendre impeccablement, c'est le ventilateur parce que, bêtement, j'étais assis tout à côté : *plopp, plopp, plopp*...

On reconnaît un peu ma voix mais à peine celle de Klaus. Ce qui, bien sûr, avec les techniques actuelles, ne devrait pas poser de problème. On peut pratiquement rendre les lambeaux de phrases les plus déformés aussi clairs qu'un son de cloche.

21

Je rentre à l'hôtel assez triomphant, et au dîner je raconte tout dans l'ordre au Rudi.

« La Ferrari était connue comme agent immobilier et Klaus comme livreur Bofrost, commente Rudi. Aucun lien entre eux. Personne n'a remarqué qu'il s'agissait d'assassins durs à cuire. C'est vraiment incroyable ! » Il lui faut un schnaps.

« Absolument incroyable », dis-je. Oui.

Voilà donc pour le quadruple meurtre de la famille Neuhofer. Tragique, certes, mais irrévocable. En revanche, on peut faire en sorte que le Klaus de RDA arrête de sévir. Et ça, c'est maintenant ma mission.

Je vais commencer par profiter des jours qui me restent encore et laisser le soleil me dorer la pilule. Parce que les vacances, c'est les vacances. Et l'Espagne, ce n'est pas si mal.

Ce que la Mémé a fait à manger pour notre retour, c'est fabuleux. Une soupe à la tomate en entrée et un gâteau aux pommes en dessert.

Entre les deux, un ragoût de veau avec des pâtes et des canneberges. Alors là, je crache sans problème sur toutes les paellas !

Le Léopold a écrit une carte de Thaïlande. Il a prolongé son séjour là-bas parce qu'il a fait la connaissance d'une Thaïlandaise de premier choix. Le Papa relit la carte au moins dix fois et, à peu près le même nombre de fois, il me reproche de ne pas lui en avoir écrit.

Arrivé à ma porcherie, j'entre pour la première fois dans ma salle de bains flambant neuve. Oui, bon, tout n'est pas vraiment flambant neuf. Les carreaux sont plutôt vieux, des années soixante-dix, vert petit pois et jaune moutarde. Un motif en échiquier auquel il faut se faire. L'endroit où il y aura un jour peut-être une cuisine est carrelé de la même façon, ainsi que toute l'entrée. Parce que, quand on peut avoir pour trois fois rien un lot de carreaux gigantesque, il faut bien l'utiliser.

Un peu plus tard, en faisant mon tour avec Louis II, je passe chez Flötzinger pour le remercier. En effet, il a sorti Louis II ces deux dernières semaines. Parce que pour le Papa, c'était impossible d'un point de vue technico-pédestre et pour la Mémé aussi, bien sûr. Le Flötzinger se réjouit de me voir et a vraiment fière allure, mon vieux ! Il a perdu du poids et le jogging bleu-vert, c'est de l'histoire ancienne. En tout cas, il m'ouvre la porte en jean et T-Shirt. On convient de se retrouver le soir chez Wolfi pour une bière. Je m'en réjouis à l'avance parce que ça vient de Bavière et que c'est abordable. À Majorque, tu as le choix entre une bière espagnole pas chère ou une bière bavaroise au prix d'un menu quatre étoiles.

Après, Rudi Birkenberger m'appelle pour me dire qu'il a pris mon maillot de bain par mégarde dans ses affaires : que je ne le cherche pas. Ensuite, il me rappelle que je dois absolument aller trouver demain à l'aube Moratschek avec les conclusions de mon enquête.

Oui, bien sûr que demain j'irai voir Moratschek. Après tout, je veux pleinement savourer mon triomphe.

« Tiens, voilà Eberhofer ! me crie le juge quand il m'aperçoit dans le couloir du palais de justice. Mais vous avez l'air en pleine forme ! Vous étiez peut-être en vacances ? Si bronzé et si détendu ! Magnifique, Eberhofer ! »

Il me précède dans son bureau, me fait signe de prendre place. Il pose son porte-documents et s'assoit aussi. « Qu'avez-vous de beau pour moi ? » demande-t-il en prisant. Je m'étonne un peu de le voir si joyeux un lundi matin, mais bon.

Je commence : « Monsieur le juge Moratschek. J'ai là un dictaphone où quelqu'un avoue un quadruple meurtre. Malheureusement, l'acoustique n'est pas tout à fait parfaite. Mais si nos techniciens pouvaient y jeter un coup d'œil…

— Encore votre quadruple meurtre ! Eberhofer, Eberhofer ! Bon, vous avez de la chance, je me trouve d'excellente humeur car ma femme part aujourd'hui en cure pour quatre semaines. Montrez-moi ça un peu ! »

Par-dessus la table, je lui tends l'appareil et il l'allume. *Plopp, plopp, plopp*…

« Je ne peux strictement rien entendre. Désolé. Un marmonnement peut-être, pas même un murmure. Et avec ce *plopp* qui domine, les techniciens ne pourront rien trouver de valable. »

Au fond, il a raison. Et puis, le marmonnement dont il parle, c'est ma propre voix. Celle du Klaus de RDA n'est presque pas audible.

« Regardez, Eberhofer, je vous aurais déroulé le tapis rouge pour vos étranges soupçons et vous arrivez avec un truc pareil ! Qu'est-ce que je dois répondre à ça ? Allez voir Spechtl ! Peut-être qu'il pourra vous aider. J'ai ma première audience dans une demi-heure et j'aimerais bien m'y préparer. »

En sortant, j'ai ce putain de dictaphone dans les mains et je le ficherais volontiers sur le premier mur venu.

« Franz ! »

C'est une voix bien connue que j'entends.

« Qu'est-ce qu'il a dit, Moratschek ? »

Un instant, je crois que j'ai des problèmes de vue : Rudi Birkenberger est là.

« Moratschek a dit qu'il en a marre d'Eberhofer et de ses élucubrations ! » dit le juge à ma place. Il sort justement de son bureau et se dirige vers le distributeur de café.

« Que fais-tu là ? je demande à Rudi.

— Il ne veut toujours pas croire à ton histoire, Moratschek ?

— Non, Moratschek ne croit pas du tout à cette merde. N'avez-vous rien de mieux à faire, espèce de fêlés, que de détourner des fonctionnaires honnêtes de leur travail ? dit Moratschek, son café à la main.

— Donnez-moi cinq minutes, Moratschek. Et là vous changerez d'avis, dit Rudi.

— Cinq minutes, montre en main ! »

Et alors, tout va très vite. Rudi déballe son caméscope et présente au juge et à moi-même ses enregistrements exclusifs pris dans le dépôt de vêtements à Majorque. On voit bien Klaus Mendel, on entend impeccablement et je ne fais pas mauvaise figure non plus. Rudi, qui est passé totalement inaperçu parmi les mannequins de vitrine, fait à la fin un plan sur son propre visage. Il énonce son nom, la date et l'heure. Très pro, pour ainsi dire. Moratschek en reste avec son tabac à priser collé sous le nez parce qu'il doit tout de suite téléphoner. Lorsqu'on prend congé, il se lève de son trône, très solennel, et nous serre la main à tous les deux.

« Tu m'as piqué mon affaire, dis-je en sortant.

— C'était du travail d'équipe ! Comme avant, dit Rudi.

— C'est du travail d'équipe quand on fait tous les deux quelque chose ensemble. Et pas quand l'un file l'autre et en plus le ridiculise ! » dis-je, un peu vexé.

Mais comme Rudi sait comment me prendre, on part manger quelques saucisses blanches avec des bretzels et de la bonne moutarde Händlmaier et on s'octroie une bière blanche bien fraîche. Après ça, le monde a tout de suite une autre allure.

22

Oui, le monde du Klaus de RDA, et de la Ferrari aussi, a maintenant une tout autre allure. Les autorités hispano-allemandes travaillent de concert et d'arrache-pied et en un tour de main, voilà ces deux-là à l'aéroport de Munich, menottes aux mains et blancs comme des quenelles de pommes de terre d'hiver. Je suis bien entendu là en live, mettons en tant qu'auteur de tout le scénario. Pas le Rudi, il ne veut pas me voler la vedette, dit-il.

La Ferrari pleure, mais les larmes lui vont divinement bien et elle a le bonnet sur son bras. Nous sommes face à face et j'attends un peu qu'elle se serre contre moi. Elle ne le fait pas. Sans doute parce que les circonstances ne s'y prêtent pas. Au lieu de ça, elle dit : « Franz, j'ai un service à te demander. Et s'il te plaît, ne refuse pas ! »

Une petite larme roule sur son menton et alors je fonds. J'acquiesce.

« Peux-tu prendre la Clairette chez toi pour quelques années peut-être ? Je sais qu'elle t'aime bien… et je sais qu'elle aime bien Louis II. Et si elle est entre de bonnes mains, j'irai mieux. »

J'acquiesce à nouveau et je me retrouve avec un nœud dans la gorge et un chien sur le bras. Puis elle est emmenée par mes collègues.

La Mémé se réjouit de voir la famille s'agrandir, parce que c'est gratuit. Et elle sait exactement combien ces bestioles pure race coûtent normalement. Je lui dis que ce n'est qu'un prêt, mais malgré ça elle aime bien le bonnet. Le Papa, en revanche, l'ignore complètement, il a plus important à faire. En effet, Léopold arrive demain, et pour l'occasion il doit être en forme. Le bonnet aime déjà le Papa et quand il n'est pas lové contre le ventre de Louis II, il est sur le ventre du Papa ou alors il le suit partout.

Vu que depuis deux semaines la Mémé n'est allée nulle part, je suis bien sûr de service. Là, il faut peut-être que j'explique rapidement que la Mémé ne monte pas en voiture avec le Papa : il conduit comme un malade mental, dit-elle. Non pas qu'il ait le pied lourd comme du plomb sur l'accélérateur. Non, pas du tout. C'est plutôt le contraire. Quand, en effet, il se décide enfin à sortir son vieux tacot du garage, il conduit avec délectation, comme il dit.

Donc, au pas.

Et une fois ou deux, j'ai reçu dans mon bureau des plaintes d'automobilistes comme quoi il paralysait toute la circulation. Même un conducteur de tracteur s'est plaint.

Le Papa répond simplement qu'on ne demande pas aux anciens de piquer des sprints. Alors pourquoi à une vieille voiture ? Et la Mémé répond qu'elle préfère aller à pied plutôt que de se faire traiter de cinglés par ceux qui les dépassent. C'est précisément pour cette raison qu'elle est en manque grave, parce qu'elle n'a plus quitté la ferme depuis si longtemps. Donc, je suis maintenant de service.

Quand je sors de la porcherie, elle est déjà assise dans la voiture.

« Aldi ! Lidl ! le marché ! » crie-t-elle, en regardant son bout de papier où elle a tout noté. Ce serait mieux de commencer par le marché parce qu'il y a plus de choix, je crois. Je le lui montre sur son papier mais elle fait non de la tête.

« Non ! Le marché en dernier. Juste avant de remballer et avant de rentrer chez eux, ils te font tout beaucoup moins cher. »

J'aurais dû y penser moi-même.

Quand on rentre à la maison la voiture est pleine, je te dis pas. On a des provisions pour Dieu sait combien de temps, parce que la Mémé prétend que l'inflation s'aggrave et qu'on doit être prévoyant. On passe aussi en vitesse chez Simmerl et on commande de la viande pour le repas de bienvenue de demain soir. La Mémé ne pouvant évidemment pas voir par-dessus le comptoir, Simmerl se penche au-dessus pour parler avec elle.

« Tu te ratatines de plus en plus, hein Lenerl, dit-il, persuadé qu'elle ne peut pas l'entendre.

— Dis-lui de fermer sa gueule de con ! » me crie la Mémé, et elle sort. En effet, elle comprend tout à fait à l'expression d'un visage ce que son propriétaire exprime.

« Ferme ta gueule de con ! dis-je à Simmerl en sortant.

— On se voit ce soir pour une bière, Franz ? me lance-t-il.

— Ça se peut. »

Puis la porte claque.

L'après-midi je dois tondre l'herbe parce que, de toute évidence, c'est ma faute si le Papa ne peut pas le faire en ce moment. Et pour terminer, je l'emmène à sa rééducation. À cause de la grosse chaleur dehors, je reste assis dans les pièces climatisées du cabinet où j'entends de bout en bout ses gémissements de martyr. Au moindre exercice. Ridicule.

Après une journée uniquement sous le signe de la famille, j'ai soif de changement et de bière et je trouve les deux chez Wolfi. Simmerl est déjà là aussi. En fait, il ne manque plus que Flötzinger. Et c'est de lui que je demande des nouvelles. Du tac au tac, Simmerl me tape sur l'épaule : « Flötzinger ? Oui, Flötzinger n'a actuellement plus de temps pour nous. Il a mieux à faire, tu sais. Parce qu'il en a définitivement ras le bol de sa Mary et de sa flanelle. Il a préféré se prendre un sucre d'orge boudeur en petites dentelles, ce cochon ! »

J'en suis plutôt estomaqué, je dois dire, et Simmerl poursuit. Donc, Flötzinger a maintenant une amoureuse, personne ne sait exactement qui. Mais on peut supposer qu'il s'agit de la Susi.

C'est trop fort !

Ma Susi et Flötzinger !

Incroyable !

C'était pour ça alors, son jogging à la con et son jean et le bannissement du survêtement bleu-vert. Tout s'éclaire maintenant.

Je n'aime plus la bière et je préfère rentrer à la maison.

Le lendemain, le Léopold arrive. Inutile de s'étendre. Le Papa tout chamboulé se réjouit comme un gamin à Noël et reçoit les cadeaux en conséquence. Il a un bouddha tout petit, ce qui n'est pas difficile parce que les Thaïlandais sont en soi minuscules, et bien sûr un livre sur la Thaïlande avec des photos sur papier glacé.

La Mémé a un super choix d'épices de première qualité, que des trucs piquants qu'elle n'a jamais aimés. Et moi je n'ai rien.

« Alors, c'était comment à Majorque, Franz ? » veut savoir le Léopold. D'un air supérieur, il s'adosse au fond du canapé et écarte les bras sur le dossier au-dessus de lui.

« Extraordinaire ! Tout simplement extraordinaire ! dis-je comme ça.

— En fait, c'est bien l'île des femmes de ménage et des alcooliques, n'est-ce pas ?

— Laisse-moi réfléchir, Léopold... » Je prends le même ton méprisant. « La Thaïlande, c'est bien l'île pour les hommes qui ne trouvent pas de femme ou qui ont un faible pour les petits enfants, c'est bien ça ?

— Silence maintenant ! » Le Papa a eu le mot de la fin.

Après le repas, on se retrouve assis tous ensemble, à écouter les Beatles, et le Léopold montre des photos de sa nouvelle Roxana. Elle est en bikini sur la plage et on dirait qu'elle a quinze ans. Le Léopold dit que les Thaïlandais sont un peuple absolument merveilleux et qu'ils pratiquent le culte des ancêtres. Il le pratique lui-même depuis quelque temps et il a depuis peu un contact très fort avec la Maman. Les yeux du Papa se remplissent de larmes et j'ai la gerbe qui me monte à la gorge. La Mémé regarde les photos et crie : « C'est ta nouvelle traînée ? »

Le Léopold ignore la question. Au lieu de ça, il veut savoir à qui appartient le petit chien et je dis : « À moi !

— C'est un spécimen particulièrement laid », déclare-t-il comme ça.

Plus tard, quand le bonnet est lové contre le ventre du Papa et que nous écoutons tous en parfaite harmonie la musique, il dit au Papa : « Le petit chien, il t'aime bien, hein ? »

Le Papa acquiesce et jette un regard sur sa panse en fourrure.

« C'est un petit chien particulièrement adorable ! » déclare le Léopold en le caressant. Le bonnet bâille et je dois dire que je m'ennuie aussi maintenant. J'attrape Louis II et fais mon tour. 1-20.

Lundi matin, les congés sont terminés et je vais au bureau. C'est-à-dire que pour commencer, je ne vais pas directement dans le mien, mais dans celui de la Susi.

« Alors, le vacancier, de retour au pays ? dit-elle ni gentiment ni méchamment, en levant juste un court instant les yeux de son écran.

— Il y a du nouveau ? » je demande en me plantant juste devant elle. Maintenant elle doit me regarder.

« Du nouveau ? Qu'est-ce qu'il doit y avoir de nouveau ?

— Ben, par exemple que tu baises comme une bête avec Flötzinger. »

D'une certaine façon, les mots me sont sortis tout seuls de la bouche. Elle me dévisage et, à cet instant, je préférerais qu'elle se consacre de nouveau à son écran : son regard est… comment dire, méchant, pour être précis.

« Espèce de con ! Peux-tu, s'il te plaît, me faire savoir qui raconte des trucs pareils ? Et peut-être aussi en quoi ça te concerne ? Allez, dehors ! »

Oui, méchant, je dois dire.

Dans mon bureau, c'est nettement mieux car Moratschek m'appelle. Il me souhaite la bienvenue pour mon premier jour de travail, exactement comme si j'avais été dans le coma pendant des mois.

Mais maintenant, voilà le meilleur : les suites de l'affaire Mendel/Kleindienst ont révélé que tous les deux ont à leur compte toute une série de délits semblables. Pas de meurtre bien sûr, Niederkaltenkirchen en a eu l'exclusivité. Mais des arnaques aux biens immobiliers, et tout ça à des fins frauduleuses. Voilà que la lumière se fait sur des affaires pour lesquelles des collègues ont enquêté sans succès, il y a longtemps et dans tout le pays !

Alors, hein.

Ce vieux psychopathe de Franz Eberhofer tire au clair, quasiment en vacances et complètement zen, toutes les affaires non élucidées de ces dernières années. Ça coule, bien sûr, comme du petit-lait.

Oui, et il est poli Moratschek, incroyable. Il est vrai que c'est une crème, cet homme. Mais, ça, je crois que je l'ai déjà raconté.

En tout cas Rudi et moi devons prochainement venir à une audience, en tant que principaux témoins à charge. C'est parfait ! Il a aussi quelques comptes rendus de journaux, Moratschek, et il dit qu'il me les envoie dans les jours qui viennent.

« Vous ne l'auriez pas cru, hein ? dis-je à la fin. Vous auriez préféré m'envoyer cent fois voir Spechtl plutôt que me croire.

— Spechtl, mon Dieu ! Il aurait dû se contenter de s'occuper de ses nez et oreilles, dit Moratschek.

— Ah, à propos de nez et d'oreilles. Il me revient à l'idée que je dois vous transmettre un message de Spechtl. Vous devez lâcher le tabac à priser… »

Moratschek a déjà raccroché et je me redresse dans mon fauteuil. Puis j'appelle Birkenberger pour partager avec lui ces morceaux de choix. Malheureusement, je le joins encore une fois en pleine filature et il ne peut pas parler.

23

Aujourd'hui je termine le travail plus tôt. Premièrement, parce qu'il ne faut pas non plus exagérer, deuxièmement, parce que je dois conduire la Mémé se faire masser. On roule donc, tranquilles, quand Flötzinger arrive en face. Pas dans sa camionnette tout éraflée de plombier chauffagiste en l'occurrence, mais dans sa BMW personnelle très élégante. Il a complètement baissé la vitre et laisse pendre son bras avec nonchalance. Lunettes de soleil sur le nez, sourire idiot aux lèvres, il n'est manifestement pas tout seul. Pile au moment où je veux voir qui l'accompagne, le soleil m'éblouit tellement que je peux juste distinguer que ce n'est pas un homme.

Une fois la Mémé remise à la masseuse, la curiosité me dévore. Je voudrais bien savoir, pour l'amour du ciel, qui Flötzinger promène ainsi dans la nature. En tout cas, ce n'est pas la Mary, c'est ce que je vérifie en premier : non, dit-elle, son mari n'est pas à la maison. Après quoi elle en colle une à Ignace-Fyn qui vient d'en coller une à Clara-Jane.

Je continue vers la mairie parce que, évidemment, mes soupçons suivants se portent sur la Susi. Elle n'est pas dans son bureau et sa collègue dit : « Oui, la Susi a quitté un peu plus tôt aujourd'hui. Autant que je sache, pour aller chez le dentiste. »

Chez le dentiste, donc.

Je sais bien sûr chez lequel elle va car il n'y a pas l'embarras du choix ici, alors je m'y rends. Sa voiture n'est pas dans la cour, pas plus que son vélo. Je regarde un moment les fenêtres au premier étage, et finalement je n'y tiens plus.

Dans la salle d'attente, elle n'y est pas, c'est facile à voir. Reste la possibilité qu'elle soit en consultation. Pour le savoir, je dois rester là. Et donc, je me mets à simuler des maux de dents qui ne pourraient pas être pires et j'attends mon tour. Qui que soit le patient suivant, il doit avoir un ravalement complet, parce que ça dure, ça dure et ça dure. À la fin, un homme sort, trempé de sueur et blanc comme un linge, sans aucune ressemblance avec la Susi. Mes douleurs disparaissent aussi vite qu'elles étaient venues et me voilà parti.

Dans la voiture, je ne peux m'empêcher de penser sans cesse à la Susi qui se languit dans les bras de ce tocard de chauffagiste minable. Comment elle passe ses doigts délicats dans ses cheveux sales. Comment elle l'embrasse dans le cou, ainsi qu'elle l'a toujours fait avec moi. Comment elle lui masse le dos tout en douceur.

Mon Dieu !

Le dos !

J'ai oublié la Mémé ! Ça me revient avec horreur en pensant au dos de Flötzinger. J'appuie sur le champignon et quelques secondes plus tard je suis devant l'institut. Mais c'est déjà trop tard.

Pas de Mémé en vue aux alentours et l'institut est déjà fermé, parce que c'était le dernier rendez-vous. Alors je refais tout le trajet jusqu'à notre ferme.

Pas de Mémé.

Le Papa est assis dans le jardin avec le bonnet sur les genoux et ne sait rien. Quand je retourne vers la voiture, il me crie : « Et ne t'avise pas de revenir sans la Mémé, tu m'entends ! »

Je retourne devant l'institut et essaie de regarder par les fenêtres mais, pour préserver l'intimité, toutes les vitres sont opaques. À la porte, il y a une plaque avec le nom, les heures d'ouverture et un numéro de téléphone. Alors j'appelle.

« Bonjour, blablabla, vous appelez malheureusement en dehors de nos heures d'ouverture, bla… »

Donc, rien de ce côté-là non plus.

Je rentre de nouveau à la maison, pas de Mémé aux alentours. En revanche, le Papa est là, plutôt en rogne, il sort son vieux tacot du garage et m'aide dans mes recherches.

Pour faire court, j'obtiens grâce à Liesl Mooshammer l'adresse personnelle de la masseuse, laquelle m'apprend qu'elle a fait sa comptabilité au bureau après le rendez-vous avec la Mémé. Et la Mémé m'a attendu pendant ce temps devant la fenêtre de la salle de consultation. Quand la masseuse a terminé sa comptabilité, la Mémé était partie, alors elle a fermé et est rentrée chez elle.

Ne sachant maintenant plus que faire, on repasse ensemble à l'institut : peut-être que la Mémé était aux toilettes au moment où la masseuse est partie. La Mémé n'est pas aux toilettes, non, mais dans le fauteuil de soins. Parce que, nous dit-elle, elle s'était fait enlever ses cors aux pieds pour une fortune et elle ne voulait pas s'en faire d'autres en poireautant bêtement. C'est pourquoi elle s'est installée dans le fauteuil de soins et m'a attendu. Et puis elle s'est endormie. Et comme la Mémé est un raisin sec et que le fauteuil est installé dos tourné à la porte, la masseuse ne l'a pas vue en repartant chez elle. Quand on arrive, la Mémé dort encore et s'étonne un peu que le Papa et moi on soit là, ensemble, pour venir la chercher.

Au dîner, l'humeur du Papa est glaciale et à un moment il me crie : « Tu n'en as vraiment rien à foutre de ta famille. Tu oublies d'aller chercher la Mémé, tu refuses de chercher mes orteils et tu n'écris même pas une carte quand tu es en vacances ! »

Je réplique : « Dis donc, tu déconnes maintenant ? » et là il sort son pied aux trois orteils de dessous la table et le tient juste au-dessus de mon assiette.

Bon appétit !

« Maintenant, ça suffit avec ta guibole débile ! crie la Mémé. Tu n'avais qu'à chercher tes putains d'orteils toi-même, avec tes mains et tes yeux. Et maintenant, laisse-moi ce garçon tranquille ! »

Je suis en train de triompher, alors la Mémé m'apostrophe : « Pas besoin de ricaner comme ça bêtement ! Si tu m'oublies encore une fois quelque part, ça va barder, compris ? »

Compris ! J'acquiesce.

« Ma peau, grommelle la Mémé dans son assiette. Vous aurez tous ma peau ! »

Après mon tour avec Louis II, je m'assois dans le jardin derrière la maison et m'octroie une bière. Au bout d'un moment, le Papa arrive avec une bouteille de vin rouge et s'installe à côté de moi. Personne ne dit mot. Puis il se roule un joint, me provoque du regard et l'allume. Il tire dessus avec délectation et souffle très lentement des volutes de fumée.

Plus provocant, tu meurs.

À peine deux minutes plus tard, alors qu'on ne l'attendait pas, le Léopold arrive en voiture dans la cour. Il vient nous voir : « Dites-moi un peu, est-ce qu'on a encore le vieux berceau qu'avant… Mais Papa, c'est pas un joint, par hasard, que tu serais en train de fumer ? »

Le sourire de bienvenue du Papa se fige et il lance : « Tu as vraiment du nez, mon garçon !

— Je crois que je ne saisis pas, là », dit le Léopold assez ahuri.

Il faut que je m'en mêle. « Qu'est-ce que tu ne "saisis" pas exactement ?

— Le Papa est assis dans le jardin à fumer un joint et toi, le flic, tu es à côté à boire une bière !

— Je n'aime pas les joints.

— Espèce de trouduc, tu sais bien ce que je veux dire ! »

Le Léopold est maintenant vraiment hors de lui.

Le Papa lui montre une chaise vide : « Assieds-toi !

— Je m'en garderai bien ! Crois-tu que je peux me le permettre ? Ils peuvent t'enfermer pour ça ! »

Il regarde autour de lui pour voir si la brigade des stups n'est pas à l'affût et continue : « Depuis quand tu es au courant ? »

La question s'adresse à moi.

« Depuis que je suis au monde.

— Pourquoi je n'en ai jamais rien su ? »

La question s'adresse au Papa.

« Vois-tu, Léopold, ça ne s'est tout simplement jamais trouvé », tente le Papa.

Mais parce que le Léopold n'est pas con (faux jeton d'accord, mais pas con), il comprend.

« Tu ne me fais pas confiance ! »

Il porte la main à son front, assez théâtral, en répétant – et cette fois, d'une voix relativement perçante : « Tu ne m'as tout simplement pas fait confiance !

— Si, quand même. En fait, si. Mais... »

Le Papa ne va pas plus loin parce que le Léopold tourne alors les talons et s'en va. Les tentatives du Papa pour le rappeler sont aussi timides que vaines.

« Tu ne fais pas confiance au Léopold ? » dis-je comme ça, plutôt pour moi-même, et je n'obtiens aucune réponse.

On entendrait voler une mouche. Pendant un long moment.

« J'ai toujours cru que le Léopold était ton fils préféré, dis-je, toujours plus pour moi-même.

— Le Léopold a cru la même chose te concernant. » Le Papa avale une lampée de vin. « Pourquoi crois-tu qu'il m'a toujours couvert de cadeaux ? Qu'il me fait de la lèche que c'en est un vrai plaisir ?

— Ne te raconte pas d'histoires. La lèche repose sur la réciprocité. Tu crois que je n'ai jamais remarqué comment tu regardes le Léopold ? C'est de l'idolâtrie pure quand tu poses les yeux sur lui.

— Là, tu parles exactement comme lui. C'est toujours ce qu'il dit de toi. Vous n'êtes peut-être pas si différents que ça, tous les deux.

— Dieu m'en préserve ! »

Le Papa rit doucement, grognon et satisfait.

Silence, encore un long silence.

Puis je demande : « Pourquoi le Léopold a besoin du berceau maintenant ?

— Ben, peut-être qu'il s'est reproduit.

— Il ne manquerait plus que ça ! »

Plus tard, on écoute les Beatles, plus exactement leurs morceaux fleur bleue, et le niveau sonore est conséquent.

Quand j'arrive au bureau le lendemain, Moratschek m'appelle et me dit que le Klaus de RDA s'est pendu dans sa cellule. Il a écrit des aveux de plusieurs pages, puis s'est pendu, l'âme sereine. Ouais, ils sont comme ça. Toujours la même chose. Ceux qui ont la plus grande gueule et qui traînent le plus de casseroles prennent la poudre d'escampette dès que ça sent le roussi.

« Dans ses aveux, il endosse toute la responsabilité, la veuve n'y est soi-disant pour rien du tout, conclut Moratschek.

— La veuve ? Quelle veuve exactement ? dis-je.

— Une Kleindienst. Attendez... Alexandra Kleindienst. Oui, sa complice.

— Ils étaient mariés ?

— Oui, attendez... je vous trouve ça... depuis quatre ans pour être précis. »

Aha.

« Aha, dis-je, et j'en suis plutôt baba.

— Quoi qu'il en soit, Eberhofer, vous devez encore une fois prendre le Gashi entre quat'z-yeux. Vous savez, le grutier. Parce que, d'après les aveux, il a laissé le conteneur se balancer au-dessus de Neuhofer, jusqu'à ce que... La suite, vous la connaissez. »

Le Gashi, donc ! Mon intuition ne m'avait pas trompé. Mais mon impression sur la Ferrari, elle, m'a trompé et dans les grandes largeurs, c'est le moins qu'on puisse dire… Elle était mariée avec Klaus ! Et m'a tourné la tête que j'en ai encore le tournis. Mais elles sont comme ça, les bonnes femmes. La Susi n'est certainement pas différente. Elle me fait le coup de la nana vexée et jalouse et, dans mon dos, elle baise sans retenue avec le tocard de chauffagiste.

24

Parce que je suis, disons-le, d'assez mauvais poil, je me mets tout de suite en route pour l'entreprise Gruewall. Là, Wallner, devant un camion, parle avec Gashi qui se trouve à l'intérieur. Tous les deux fument une cigarette et contiennent leur joie de me revoir. Je dégaine tout de suite mon arme pour, d'emblée, écarter toute ambiguïté. Ils laissent tous les deux tomber leurs clopes et lèvent les mains.

Je crie au Gashi « Descends et vite ! » et il descend. Donc, ses connaissances en allemand ne peuvent pas être si mauvaises que ça. Une fois que je lui ai passé les menottes, je l'amène à la voiture pour le conduire au commissariat. Wallner vient cogner à ma vitre.

« Ça va durer combien de temps ? C'est mon meilleur homme.

— Ton meilleur homme a commis un meurtre, mon pote ! Tu vois, il y a quelques semaines, vous m'avez rabâché que nous devions tirer l'affaire au clair parce que, sinon, votre réputation était foutue. Mais si vous employez des meurtriers, vous pouvez bien vous en branler de votre réputation ! »

Fermeture de la vitre, départ.

« Mais je ne suis pas un assassin ! » dit le Gashi en chemin. Un allemand sans le moindre accent.

Il s'avère, une fois au poste, qu'il est ici depuis qu'il a un an et parle couramment les deux langues. Le numéro de la dernière fois avec l'interprète n'était qu'une blague, dit-il, et il en est désolé. Moi aussi, je fais maintenant ma blague, en l'occurrence de la manière suivante : je lui colle les quatre meurtres Neuhofer l'un après l'autre sur le dos, décrits dans les moindres détails. Quand il réclame à grands cris un avocat, j'affirme mordicus qu'aucun ne serait prêt à le défendre. On ne défend pas un quadruple meurtrier, parce que les chances de succès sont quasi nulles.

« La seule chose que j'ai faite, ça a été de ne pas bouger la grue. Au moins un certain temps. Mendel m'a dit qu'il avait parié avec Neuhofer qu'il n'oserait pas se mettre sous le conteneur. Mais il a osé. Ensuite, Mendel a voulu que ce putain de conteneur reste un moment en suspens au-dessus de Neuhofer pour lui foutre la frousse. C'est ce que j'ai fait, et j'avais encaissé cent euros pour ça. C'est tout ! Je le jure !

— Je le jure ! Je le jure ! Combien de fois j'ai déjà entendu cette phrase, tu crois ? »

Je me penche en avant jusqu'à ce que nous sentions mutuellement nos respirations. Alors il se met à pleurer, l'Albanais blagueur. Ça me va. Il signe sa déposition et peut s'en aller.

Après son départ, la porte de mon bureau reste ouverte et par le couloir je peux entendre un rire. Ça vient du bureau de la Susi, on doit drôlement s'amuser là-bas. Si j'écoute attentivement, ce rire, il me semble le connaître. Pas celui de la Susi, celui-là je le connais de toute façon. Non, ce rire-ci est, je dois le dire, plus désagréable. Je me mets aussitôt en chemin et, quand je me retrouve devant la Susi, je me retrouve aussi devant Flötzinger. Les deux continuent de se bidonner, comme si je n'étais pas là.

Je demande : « Qu'y a-t-il de si drôle ici ? parce que, spontanément, rien de mieux ne me vient à l'esprit.

— Oh, rien, répondent-ils en chœur.

— Bon, à plus, Susi, dit Flötzinger.

— À plus », susurre la Susi et repoussant une mèche de son front. Elle a rougi et ça lui va impeccablement bien.

« Eh, Franz, j'ai ta facture dans la voiture. Tu veux la prendre tout de suite ? me demande Flötzinger.

— Non, dis-je. Tu peux l'apporter à la Mémé. »

Il disparaît en haussant les épaules.

Je me tourne vers la Susi : « Qu'est-ce qu'il te voulait ?

— Mon Dieu, Franz ! À ton avis ? Tu as un problème, ces derniers temps ? me houspille-t-elle.

— Je n'ai aucun problème. Mais Flötzinger va bientôt en avoir un ! » Je tourne les talons et m'en vais.

Puisque c'est justement l'heure de déjeuner, je joins l'utile à l'agréable et vais me chercher chez Simmerl quelques petits pains au fromage de foie. Je fais la queue derrière une femme que je ne connais pas et qui ne parle pas notre bavarois à nous.

« Un sandwich au pâté de viande, s'il vous plaît, demande-t-elle.

— Y en a pas », dit Simmerl. Il fait mine de ne pas la comprendre : à Niederkaltenkirchen, on n'appelle pas ça comme ça et c'est tout.

« Comment ?

— Y en a pas. Tiens, salut, Franz !

— Salut Simmerl, dis-je. Pour moi aussi ce sera des sandwichs au pâté de viande, trois, si ça te va », dis-je en ricanant.

La femme s'impatiente.

« Seigneur Simmerl ! dis-je.

— Monsieur Simmerl suffira amplement », dit-il en me faisant un clin d'œil. Puis il prépare quatre petits pains au fromage de foie impec, et la femme soulagée s'en va.

« Simmerl, dis-je en lui donnant ma monnaie au comptoir. Comment t'est venue l'idée que Flötzinger et la Susi… »

Simmerl emballe les petits pains : « Ben, parce que je les ai vus tous les deux. Faire du jogging. Pile quand j'allais chez les Rouge-et-Blanc. Ils prennent leur viande chez moi. Oui, je passais par la route de la forêt et là, je les ai vus. Flötzinger et la Susi. Ils étaient là au milieu de la forêt à faire des étirements. »

Des étirements !

Simmerl me raccompagne dehors en poursuivant : « En plus, on a bu une bière et Flötzinger a fait des allusions à un deuxième printemps et tout ça. Si la Mary l'apprend, ça va barder ! La vaisselle va tellement lui voler à la figure qu'il n'aura même pas le temps de se baisser. En même temps, personnellement, je préférerais ça de loin. Parce que, la Gisela… la Gisela, quand elle est fumasse, elle ne fait absolument rien du tout. Elle ne fait rien, elle ne dit rien. Elle me regarde seulement avec des yeux qui savent parler. Et qui disent : "Entends un peu comme je me tais !" La cata. Oui, je préférerais mille fois quelques assiettes cassées.

— Dépêche-toi de rentrer ! Les clients attendent ! » crie alors la Gisela depuis la boucherie-charcuterie, et là je ne peux pas me l'imaginer se taisant. Simmerl lève les yeux au ciel et dit : « Oui, parfois on rêve d'avoir un petit trésor, on ne peut pas en vouloir à Flötzinger. Un petit peu de printemps juste avant la venue de l'automne ! »

Un vrai poète, ce Simmerl.

Comme ça me tracasse, je vais chez Flötzinger. Il m'ouvre la porte, une valise à la main. D'autres semblables attendent dans l'entrée.

« Où veux-tu t'en aller ? » L'idée d'une fuite m'a tout de suite traversé l'esprit.

« Je ne veux aller nulle part. La Mary s'en va avec les enfants chez mes beaux-parents. Comme toujours pendant les vacances. Quelque chose contre ?

— Et tu restes là ?

— Et je reste là, si ça te convient.

— Alors tu pourras faire plein de jogging dans les jours qui viennent, hein ? »

Il arrête de bricoler dans les valises et met les mains sur les hanches : « Ça se pourrait bien.

— Qu'est-ce que tu lui voulais à la Susi, tout à l'heure ?

— Ben, ce qu'on veut à la mairie en général. Aller chercher le passeport de Mary, par exemple. Parce qu'il a été prolongé. Quelque chose contre ?

— J'aimerais bien te mettre mon poing dans la gueule. Quelque chose contre ? » Puis je pars.

Quand j'arrive à la maison, la Mémé me colle un prospectus sous le nez : « Il faut qu'on y aille ! »

Je suppose qu'elle parle d'Obi, en tout cas c'est un de leurs prospectus.

« Qu'est-ce que tu veux chez Obi ? dis-je en haussant les épaules.

— Acheter une tondeuse à gazon. Et une bonne. Où il peut s'asseoir dessus, ton père. Pour que la complainte des orteils prenne fin », répond la Mémé.

Le papier proclame : « Matériel de jardin en solde !!! »

C'est parti.

Une petite blonde, avec autant de boucles d'oreilles que le pavillon peut en porter, nous sert très aimablement. Elle nous conduit aussi sec aux tondeuses et nous montre les modèles de la gamme des tracteurs.

On remarque qu'elle s'y connaît : « Tondeuse à gazon MTD, modèle RS 115-96, nous chante-t-elle. Avec évacuation latérale et système de coupe turbo à deux lames. Moteur à quatre temps. Largeur de coupe quatre-vingt-seize centimètres. Jusqu'à dix kilomètres-heure. Avec notre remise spéciale, même pas mille euros. D'ailleurs c'est notre petit bijou. Un super modèle. Le modèle de l'année 2010.

— On cherche plutôt le modèle fin de série », dis-je, et la Mémé qui sait ce que j'ai dit approuve.

« Fin de série ? »

La blonde plisse le front pour jouer l'idiote.

« Un modèle de luxe comme celui-ci, nous n'en avons pas moins cher. Vous ne le trouverez pas moins cher non plus chez Praktiker* ou Bauhaus*. »

Je demande : « Alors, le modèle de l'année dernière ? »

Elle fait non de la tête.

« Le modèle d'il y a deux ans ?

— Il faut que je demande à notre chef magasinier. Peut-être qu'il a quelque chose dans la réserve.

— Faites donc. »

Une demi-heure plus tard, nous avons pour cinq cents euros tout rond une fin de série de premier choix, livraison gratuite, début de semaine prochaine.

Alors, hein.

Le soir même, je monte la garde devant chez le tocard de chauffagiste. Après m'être assuré chez Wolfi que Flötzinger n'y traînait pas, j'arrive là-bas. La maison est sombre, manifestement déserte. Sa voiture n'est pas à l'entrée. Mais il va bien venir à un moment ou un autre. Et je ne partirai pas d'ici avant. Après tout, il faut bien que je sache enfin s'il a la Susi à ses basques ou pas. Je m'assois sous la véranda dans un fauteuil et j'attends.

Il ne me faut pas longtemps pour remarquer que mes yeux et mes narines protestent. Je suppose que quelques poils de ces putains de chats sont collés partout, y compris sur mon fauteuil. Pile au moment où je veux abandonner, Flötzinger arrive et il n'est pas seul, sans aucun doute. J'entends des voix qui murmurent et des rires sous cape. Malheureusement, je n'y vois déjà plus rien. Mes priorités changent brusquement : je ne veux plus qu'une chose, rentrer chez moi. Chez moi, prendre mes gouttes contre les allergies et me doucher. Qui que Flötzinger soit en train de se faire, je n'en ai rien à foutre.

Il s'avère, le lendemain, que j'aurais pu m'épargner toutes ces misères, mais chaque chose en son temps.

Je suis de bonne heure au bureau et c'est bien comme ça, parce que, en effet, le téléphone sonne aussitôt. C'est Liesl Mooshammer à l'appareil qui me dit de venir.

« Que se passe-t-il, Liesl ? Où dois-je donc aller et pourquoi ? je demande comme ça, sans pouvoir réprimer un bâillement.

— Parce que Flötzinger est en train de prendre une raclée, je n'ai encore rien vu de pareil de toute ma vie. S'il survit, il aura de la chance ! » dit Liesl. Le bâillement me reste en travers de la gorge : « Qui lui fiche une raclée ?

— Ça, je ne sais pas. Un géant, je dirais. Tu sais, je suis là en train de faire mon café en regardant par la fenêtre de la cuisine. Et là, je vois le Flötzinger voler d'un coin de la cour à l'autre. Sans arrêt. Il n'a qu'un caleçon sur lui.

— Un caleçon ?

— Oui, une sorte de boxer. À carreaux bleus et blancs, je crois.

— Tu es sûre ?

— Je ne sais pas précisément. Ou peut-être blancs et verts. À cette distance, on ne distingue pas si bien, dit Liesl, et je l'entends avaler son café bruyamment.

— Non, je ne veux pas parler du caleçon ! Je veux savoir si tu es sûre que c'est bien Flötzinger qui se fait tabasser. Qu'ils ne soient pas en train de s'amuser.

— Ça n'a pas l'air franchement amusant, Franz. De ce que je peux voir, Flötzinger n'aura bientôt plus de dents.

— Plus de dents. Bon, je passe voir ça. »

Quand j'arrive, la situation n'a pas changé et est exactement telle que la Liesl l'a décrite : Flötzinger en caleçon, presque mis en pièces, traversant l'air plusieurs fois en volant devant mes yeux.

Je sors mon pistolet de son étui et mets en joue.

« Arrêtez ! Police ! Les mains sur le toit de la voiture ! Jambes écartées ! » Et le tabasseur met les mains sur le toit de la voiture et écarte les jambes. Bon, peut-être pas tout de suite. Il donne encore quelques coups de pied dans le ventre de Flötzinger. Comme ça, à hauteur des reins, à peu près. Ensuite seulement il va sagement à la voiture. Fouille au corps, menottes, voiture de police. Terminé.

Puis je regarde le blessé et suis obligé de dire : « Mon pauvre vieux ! »

J'appelle une ambulance.

« Sale pute ! » crie l'agresseur en direction de la porte d'entrée de la maison. Et là, sur les marches, il y a une femme avec les yeux bleus (et je ne parle pas ici de leur couleur naturelle) qui pleure.

Je demande : « Vous êtes sa femme ? »

Elle acquiesce et ça m'ôte un grand poids.

Ce n'était donc pas la Susi !

L'ambulancier arrive, embarque Flötzinger et file à la femme un sac de glace pour ses yeux. Puis je conduis les deux inconnus au poste.

Dans le couloir sur le chemin de mon bureau, j'ouvre d'un coup la porte de la Susi et crie : « C'est magnifique ce que tu as fait !

— Je n'ai rien fait du tout, répond-elle.
— Justement ! » dis-je, puis je referme la porte.

D'après l'interrogatoire du grand gaillard mal dégrossi, il s'avère que sa femme a suivi il y a quelques semaines un séminaire pour autoentrepreneurs où Flötzinger se trouvait aussi par hasard. Depuis, ce n'était plus la même et elle n'était presque plus à la maison. Quand, hier après-midi, elle a fait son sac de voyage en prétextant un voyage d'affaires, son mari l'a suivie. On connaît la fin de l'histoire. Et il va écoper d'une plainte pour coups et blessures, vraisemblablement graves, voire mortels.

Et maintenant je vais voir comment va la victime.

25

Juste au moment où je veux me consacrer à l'état du Flötzinger amoché, mon téléphone sonne et c'est Moratschek. Il demande si j'ai reçu les documents qu'il m'a envoyés. Les comptes rendus dans les journaux et ainsi de suite. J'ai tout reçu mais je dois dire que, dans une certaine mesure, j'ai été déçu. Parce que, dans ces comptes rendus, on parle de « l'excellent travail de la police bavaroise » qui tire au clair des affaires « sur lesquelles les collègues de tout le pays se sont longtemps cassé les dents ». Jusque-là, bon, c'est exact.

Mais pas un mot, pas une seule allusion à Birkenberger ou moi. Rien de rien. Pas même : le fonctionnaire de police E. de N. ou quelque chose comme ça.

« Ne soyez pas si susceptible, Eberhofer. Ce genre de truc, ça n'intéresse pas les gens. Personne ne veut savoir qui a tiré l'affaire au clair. L'important, c'est que ça ait été tiré au clair, dit Moratschek. Autre chose. Nous avons un problème avec Mme Kleindienst. »

Aha.

« Aha, dis-je.

— Oui, Mme Kleindienst a décidé de se taire. Elle se refuse à toute déclaration. Elle se bute carrément. Spechtl y est allé aussi, mais à lui non plus, elle n'a rien dit.

— D'accord, et pourquoi vous me racontez ça maintenant ?

— Parce que ladite personne répète qu'elle ne veut parler qu'avec vous et uniquement avec vous.

— Avec moi ? je demande, et je ne peux nier une certaine satisfaction.

— Avec vous, Eberhofer ! »

Silence.

Tabac à priser.

Longue inspiration par le nez.

Puis : « Hm-hm. Oui, avec vous, Eberhofer. Alors prenez gentiment rendez-vous avec l'établissement pénitentiaire cet après-midi, les collègues sont au courant !

— Bien, je vais régler l'affaire », dis-je dans un élan de magnanimité professionnelle et je raccroche.

Sur le chemin de la prison, je passe par l'hôpital pour prendre des nouvelles de Flötzinger. Et je dois dire qu'il n'y a pas grand-chose à voir : il est enroulé dans des pansements de haut en bas et ressemble à un tampon hygiénique vivant. Quoique, vivant est peut-être exagéré : le docteur déclare qu'il en a pris pour son compte. Le pronostic vital n'est pas engagé, mais il lui faudra un moment pour être de nouveau comme avant.

Et Flötzinger dit qu'il ne veut plus du tout être comme avant. Il veut changer entièrement sa vie. En pratique, il met la marche arrière après avoir remarqué qu'il était dans une impasse. Je comprends à peine ses propos parce que la mâchoire et les dents, en fait tout le crâne, ont été reconstruits. Mais avec un peu de patience, j'arrive quand même à décrypter que je dois appeler la Mary. Je dois l'appeler et lui raconter que son époux a eu une grave opération dentaire imprévisible et ne peut donc plus parler. Elle ne doit rien savoir de la raclée, dit Flötzinger. Parce que c'est mon ami quand même et qu'il me fait un peu pitié, j'appelle tout de suite : « Oui, une grave opération dentaire, Mary. Malheureusement, il ne peut pas parler parce que toute sa mâchoire est pour ainsi dire fichue », dis-je.

Flötzinger me regarde avec reconnaissance.

« Mais, qu'est-ce qui s'est passé exactement ? veut savoir la Mary.

— Ben, exactement… exactement je ne sais pas. Les dents de sagesse, je crois. » Rien d'autre ne m'est spontanément venu à l'esprit.

« Je lui ai dit cent fois qu'il devait se les faire enlever. Ça fait des années qu'elles lui font mal ! »

Flötzinger roule des yeux dans son lit, incroyable.

« Maintenant il n'en a plus. Plus aucune », dis-je.

Puis je reçois par l'écouteur d'affectueuses pensées, des vœux de guérison et quelques baisers sonores. Flötzinger avec son visage dévasté réussit à articuler un « Trouduc ! » et je déclare au docteur qu'il faut enlever les dents de sagesse. Toutes les quatre. Parce qu'elles lui ont toujours fait mal.

Le médecin répond que ce n'est pas un problème parce que pour l'instant, de toute façon, il ne peut rien manger. Ils vont les enlever demain. Toutes les quatre.

Parfait !

Malgré ses très graves blessures, Flötzinger parvient encore à me faire un doigt d'honneur, et me voilà parti.

Quand j'arrive au parloir de l'établissement pénitentiaire Neudeck à Munich, la Ferrari est déjà là. Elle est contente de me voir et a les yeux tout humides.

« Comment va la Clairette ? » Voilà ce qu'elle demande en premier.

« Merveilleusement bien ! Tout est pour le mieux », dis-je comme ça, et je m'assois auprès d'elle. C'est un peu bizarre, tous les deux comme ça, face à face et sous les verrous. Au début, elle n'a pas vraiment envie de parler, ou bien elle n'y arrive pas. Un moment passe ainsi, à se taire ou à échanger des banalités.

Puis je regarde l'heure. « S'il y a encore quelque chose à dire, fais vite, le temps passe », dis-je. Alors, elle éclate en sanglots et tout vient d'un coup : grâce aux aveux de Klaus, elle ne s'attend pas à une grosse peine et elle pourra sûrement bientôt sortir d'ici.

« Je t'aime, Franz ! Seras-tu là quand je serai libérée ? » conclut-elle en prenant ma main. Elle est à tomber par terre avec ses yeux brillants, et ses doigts sont d'une douceur. Un sourire craintif se dessine sur ses lèvres.

« En aucun cas ! dis-je, et je récupère ma main. Dès le tout premier jour, tu t'es fichue de moi. Tout ce que tu m'as raconté n'était que mensonge. À l'exception peut-être de ton père qui était français. D'où le prénom Mercedes. Alexandra Mercedes Kleindienst. Je le tiens de ton dossier. Tout le reste était faux, "Mon Chéri". Rien que l'histoire avec Dechampes-Sonnleitner ! Même ton nom était bidon.

— Tu t'es trompé toi-même ! Je n'ai jamais prétendu m'appeler ainsi », marmonne-t-elle, l'air boudeur. Elle a probablement raison.

« Je suis parti du principe que tu t'appelais comme ça parce que tu habitais au domaine. Tu n'as rien fait pour rectifier la chose. Bien au contraire. Tu as raconté que tu rénovais le domaine parce que tes parents venaient en été. À quoi bon tout ça ? Pour qu'aucun soupçon ne pèse sur toi et que tu puisses t'occuper de tes fraudes immobilières sans être dérangée ?

— Oui, j'avoue, cette identité m'a été très utile. J'étais, comme ça, une autochtone pour ainsi dire. Et c'est un gros avantage à Niederkaltenkirchen, tu le sais bien. Mais c'étaient les affaires. Ça n'a absolument rien à voir avec mes sentiments, Franz. »

Elle reprend ma main et commence à me sucer les doigts.

Mais ça ne marche pas avec moi ! Je les retire.

« Tu es un vrai petit chou à la crème, sans aucun doute. Mais je serais incapable de fermer l'œil la nuit si tu étais à côté de moi.

— Tu n'aurais pas à le faire ! me souffle-t-elle, et elle prend de nouveau ma main.

« Pourquoi ton Klaus s'est-il pendu, en fait ?

— Parce que je lui ai dit que je ne l'aimais plus. Que je te voulais toi », murmure-t-elle derrière son rideau de larmes. Je dois lutter fort contre moi-même pour ne pas sécher son visage avec ma langue. Elle est à tomber à genoux.

Une seule idée m'en empêche. L'idée d'un Franz Eberhofer sur le canapé avec un poignard dans le dos.

« Klaus avait une espérance de vie d'environ cinq ans encore. Addiction aux médicaments. Le foie aussi gros qu'un medecine ball. Ça aussi c'est dans le dossier, ma mignonne. Il ne s'est pas supprimé à cause de toi, tu n'en valais pas la peine pour lui. Seule l'a poussé la certitude de ne plus sortir vivant de tôle ! »

Je me lève, parce que maintenant tout a été dit.

« Ce fut un moment franchement beau, avoue-t-elle comme ça en guise d'adieu.

— Ça ne fut jamais franchement beau, je réponds. Ou alors c'était faussement beau, et je ne peux m'empêcher de sourire.

— Mais en tout cas, c'était beau ! » répète la Ferrari.

Sur le chemin de la maison, je m'arrête chez Liesl Mooshammer pour éviter qu'elle ne raconte l'histoire de la bagarre dans tout le village. C'est une commère de première et si l'histoire commence à faire le tour du patelin, laisse tomber le conte des dents de sagesse ! Il s'avère que Flötzinger a une chance folle. Parce que, en effet, Liesl s'est tellement énervée avec l'incident de la raclée qu'elle en a eu une migraine épouvantable et est maintenant hors de combat. Quand je sonne, elle se traîne à la porte, fatiguée, les traits tirés. Et quand j'exige, menaces de mort à l'appui, son silence éternel, elle acquiesce rapidement et ferme la porte. Elle tiendra promesse, aucun doute là-dessus : elle est bavarde, mais pas parjure.

Quelques jours plus tard, je vais le soir chez Wolfi et le Papa y est aussi à causer avec Simmerl. Ils parlent de truies, comment pourrait-il en être autrement ? Elles ont été toute la vie du Papa et sont encore aujourd'hui celle de Simmerl.

« Qu'est-ce qui se passe avec le tocard de chauffagiste ? Ça fait une éternité qu'il n'est pas venu ici, me demande Wolfi.

— Les dents de sagesse, toutes les quatre, dis-je en prenant une gorgée de bière.

— C'est pas un peu tard pour son âge ? Normalement, on les enlève bien avant la crise de la quarantaine, ricane Wolfi.

— Oui, mais tu sais bien que Flötzinger a toujours des problèmes pour faire les choses dans l'ordre.

— Devine qui arrive là ! » s'écrie Wolfi en regardant la porte d'entrée. Je me retourne et Susi est là.

« Salut Susi, disons-nous tous les quatre en chœur.

— Assieds-toi un peu près de moi, Susi, dit le Papa en indiquant une place libre. Simmerl ne fait que parler de truies. Peut-être que tu trouveras mieux. »

Susi me regarde droit dans les yeux. « On pourrait parler de poulets et de coqs, propose-t-elle.

— Quoiqu'il faille quand même faire la différence entre poulets et coqs, précise Simmerl.

— Pas dans certains cas, dit la Susi en se commandant une bière.

— Elle a l'air de s'y connaître. Quelqu'un d'autre en veut une ? demande Wolfi.

— Pour moi, un schnaps. Même un double ! » dis-je. Je le descends d'un trait et, avec autant de courage dans le ventre, je demande à la Susi : « Tu t'y connais en matière d'étalons ?

— Il faudrait être une jument pour ça.

— Tu t'y connais bien en poulets et en coqs et tu n'es pas une poule », dis-je comme ça, et là elle est obligée de rire.

La soirée est sauvée et à la fin, quand je la ramène chez elle, tout est de nouveau presque comme avant et on se fait quelques câlins.

Une semaine après, je vais chercher Flötzinger à l'hôpital. Et comme il est tout seul à la maison, je l'invite à dîner. Ses enflures et égratignures ont bien guéri mais sont encore nettement visibles. Malgré les températures élevées à l'extérieur, il porte une chemise à manches longues, pour cacher le pire. Le visage est à nu, les quelques poils de barbe qu'il porte maintenant en camouflage n'y changent rien.

La Mémé a fait un ragoût bien tendre, par égard pour l'hôte et ses problèmes dentaires.

« Flötzinger, tu as l'air d'avoir été tabassé. Avoue-le ! C'était un client à qui tu as apporté sa facture, crie-t-elle en lui tendant son assiette.

— Les dents de sagesse », marmonne Flötzinger.

La Mémé ricane.

« Quand la Mary rentre-t-elle à la maison ? veut savoir le Papa.

— Dans deux semaines, répond Flötzinger.

— D'ici là, ça devrait être guéri. De même que les égratignures sur ton torse. »

Là, il faut peut-être que j'explique rapidement que Flötzinger porte une chemise qui date de son époque jogging. Mais vu qu'il a pris quelques kilos à l'hôpital en raison du manque d'activité et de la semoule au sucre et à la cannelle, ses boutons de chemise craquent de partout, mon vieux !

Avant de rentrer chez lui, il dit à la Mémé qu'il a sa facture dans la voiture et qu'il irait bien la chercher.

« Maintenant tu rentres gentiment chez toi, Flötzinger, et tu te regardes dans la glace. Ensuite, tu réfléchis bien et tu me fais une facture, hein, une nouvelle ! » crie la Mémé en débarrassant, alors le tocard de chauffagiste capitule.

26

Le lendemain commence le procès de l'affaire Mendel/ Kleindienst et trois jours d'audience sont programmés. J'y figure bien sûr en tant que principal témoin à charge, de même que Rudi Birkenberger. La lecture de l'acte d'accusation est aussi longue que fatigante et à deux reprises je dois donner un coup de coude à Rudi dans les côtes parce qu'il s'est endormi. Ce qui au fond ne dérange personne, la plupart des juges ont l'habitude que l'un ou l'autre se laisse aller à un petit somme. Ronfler, c'est autre chose, ça dérange beaucoup que quelqu'un bourdonne paisiblement quand le reste de la salle lutte pour garder les yeux ouverts. C'est pourquoi je plante mon coude dans Rudi et récolte une approbation reconnaissante de la tête de la part du juge Moratschek.

La Ferrari paraît tout en noir et ne donne aucune information. Tout ce que Klaus a écrit dans ses aveux correspond à la vérité, déclare-t-elle. La seule chose qu'elle livre sur elle-même est la suivante : « Avec la mort de mon époux que je chérissais par-dessus tout, toute joie a disparu de ma vie. Vous ne pouvez pas me punir autant qu'il l'a fait lui-même. » Puis elle éclate en sanglots. Elle sait le faire sur commande, comme nous le savons déjà. Et ici aussi, au tribunal, ça ne manque pas de faire son effet.

Elle récolte deux ans avec sursis et, de ce fait, elle est libre.

Dans la salle des pas perdus, elle vient vers moi :

« Quand est-ce que je peux venir chercher la Clairette ? »

Sa voix est froide et hautaine.

Pas un merci, pas un regard tendre, pas même une petite larmichette.

« Ça, c'est pas évident, dis-je en fronçant les sourcils.

— Comment ça, pas évident ? Tu n'as pas compris ma question ? Je veux savoir quand je peux venir récupérer le chien ! Même toi, tu es capable de comprendre ça ! »

Mille grenades explosent dans ses yeux.

« Ben, tu sais, Louis II… comment dire… » je marmonne en me passant la langue sur les lèvres.

Ça lui coupe le souffle.

« Quoi… qu'est-ce que ça veut dire, Franz ? » À présent elle parle fort, d'une voix perçante et un peu hystérique.

Je hausse les épaules.

« Il l'a bouffée ! crie-t-elle, et elle me frappe comme une folle de ses poings. Ton affreux monstre a mangé ma Clairette ! »

Par chance mes collègues ne sont pas très loin et la neutralisent. Par chance encore, il y a aussi des journalistes à proximité et ils font plein de super photos, quelques interviews et une offre pour l'exclusivité des droits relatifs à l'histoire. Rudi et moi savourons la situation, après tout on a consacré presque tous nos congés à résoudre cette affaire. À la fin, le double Dr Spechtl vient et me serre la main.

« Curieuse femme, cette Kleindienst. Difficile à cerner, une grosse tendance à l'hypocrisie. Mais des lobes d'oreilles extraordinaires ! »

Oui, Spechtl s'y connaît, c'est sûr.

Dès le lendemain, les journaux sont remplis de nos exploits. Birkenberger et moi dans toutes les poses possibles devant, derrière et dans le palais de justice. Avec des photos formidables et des comptes rendus détaillés. Enfin, on aurait bien sûr pu se passer de tel ou tel titre. Comme « Enquêteurs troquent séjour romantique pour élucidation de meurtres ». Ça donne une image tout à fait fausse de l'affaire, mais qu'y faire ?

La Mémé découpe tout ce qu'elle trouve et le colle au mur de la cuisine. Le Léopold vient, prend un air niais et fait quelques commentaires que je ne mentionnerai pas ici. Puis il sort une échographie de la poche de sa veste et la colle à côté des articles. C'est son fœtus, dit-il. La naissance est prévue le 25 mars. Si tout va bien, la mère qui va avec arrivera en

Bavière avant Noël. Avec ses parents, parce que, précise Léopold, elle n'est pas encore tout à fait majeure. D'où l'escorte. Elle arrive tout droit avec armes et bagages pour donner naissance ici à son moutard. Eh oui ! D'où la question du berceau récemment.

C'est bien Léopold ça encore ! Il me bousille l'histoire de mon succès. Je ne peux me reposer sur mes lauriers en toute sérénité et avoir droit à tel ou tel regard de fierté du Papa. Non !

Là, le con de libraire arrive avec son con de fœtus et réduit tout à néant. Il présente au Papa l'arrivée du bouddha fait par ses soins et le voilà aux anges, le Papa. Il grimpe à quatre pattes dans le grenier poussiéreux pour chercher ce fichu berceau. Il le trouve enfin et descend par l'échelle de meunier l'objet poussiéreux avec un sourire rayonnant. Puis il s'assied dans le canapé avec le bonnet sur les genoux et contemple la photo de l'Eberhofer flambant neuf. À gerber.

Au dîner, le Léopold raconte qu'il va se marier avec sa Roxana thaïlandaise dès qu'il aura divorcé de la Roumaine. Si ce n'est pas une joie ! Mais il y a du porc et de la choucroute, et ça me console quelque peu de sa présence.

Après ça, le Birkenberger appelle et je profite de l'occasion pour m'enfuir. Je vais dans la porcherie pour téléphoner. C'est bon d'entendre une autre voix que le verbiage du vieux lèche-cul.

« Que penses-tu des articles, Franz ? demande Rudi.

— Superbes photos, dis-je. Mais ils auraient vraiment pu s'épargner certains titres.

— Je trouve justement leurs titres formidables, chéri ! »

Birkenberger rit de son rire le plus gras.

Puis il raconte que son carnet de commandes est plein : les articles des journaux lui ont fait un vaste coup de pub. Gratuite, en plus. Il a même reçu une offre d'un magazine pour aller un ou deux jours à Majorque et raconter là-bas son histoire et la mienne, sur place en quelque sorte. Il me demande si je veux l'accompagner. Encore dans notre hôtel. Il rit.

Non, je ne veux pas l'accompagner. En aucun cas.

Il se manifestera à son retour, dit-il, et il raccroche.

On entend encore les Beatles dans la maison de l'autre côté, aussi fort que d'habitude. Je flinguerais bien le tourne-disque. Mais comme je ne peux garantir de toucher le Léopold par mégarde, je préfère laisser tomber.

Une semaine plus tard, c'est la fête du village. Je commence par me promener avec la Mémé parmi les stands et je lui offre une barbe à papa. Après, je veux tirer quelques roses pour elle mais les fusils sont tellement trafiqués que je ne fais pas mouche. Je paie une fortune et je tire et tire, mais rien. Aucun tir dans la cible. Alors, je mets le forain en joue et dis : « Une de chaque couleur, mon vieux ! » et j'en obtiens une de chaque couleur. La Mémé est contente et disparaît derrière les roses et la barbe à papa.

Dans l'après-midi, je trouve les familles Simmerl et Flötzinger assises cordialement à une table et je me joins à elles. Flötzinger colle sa Mary comme la verrue la Gisela. Je lui parle de la facture pour la Mémé mais il refuse d'un geste de la main.

« Laisse tomber, Franz, dit-il avec un clin d'œil. Ça compense l'excellente prise en charge pendant ma grave maladie dentaire. »

La Mémé va être contente. Deux mille euros pour une assiette de bouillie de légumes. C'est l'affaire de sa vie.

Une chope plus tard, les femmes ramènent les enfants à la maison et nous sommes seuls entre hommes. C'est bien, mais malheureusement de courte durée.

« La Mémé a des roses plein les bras, et moi ? » me demande la Susi qui arrive d'un coup à côté de moi. Elle fait une moue boudeuse de première classe et me voilà vite convaincu.

Le type du stand ne fait pas d'histoires quand j'arrive et il propose tout de suite : « Prends ce que tu veux !

— Ce n'est pas drôle comme ça », dis-je, et je lui tends un billet de dix.

La Susi est rayonnante.

« Attends un peu ! » L'homme du stand se baisse, puis se relève en tenant un fusil qui n'était pas là avant. Avec ça je fais mouche sans problème et Susi a un tigre de Sibérie au lieu de quelques roses.

Quand, au petit matin, elle se décolle de moi, en roulant sur le côté, elle prend l'animal en peluche dans ses bras et dit : « Maintenant j'aurai quelque chose à câliner si tu déconnes à nouveau.

— Parfait, dis-je.

— Franz, c'est samedi. Tu vas rester toute la journée avec moi ? » demande-t-elle en se rapprochant. Elle est incroyablement belle avec ses joues rouges et ses yeux endormis.

« Ça se peut », dis-je en l'embrassant sur le front.

Et puis on s'endort.

Quand je rentre le soir à la maison, le Papa est parti manifester contre l'interdiction de fumer sous les chapiteaux à bière*. Mais qu'est-ce qu'il croit ? Son joint, de toute façon, il n'aura pas le droit de l'allumer.

La Mémé nous fait un *Apfelstrudel* à la sauce vanille dont les raisins ont mariné dans l'eau-de-vie de sorbier.

Un rêve !

« K & L font vingt pour cent lundi sur tout le stock. Pratiquement sur tout ! me crie-t-elle, et elle montre un prospectus devant elle.

— Alors, il faut sans doute aller lundi chez K&L ! » je crie en retour, et je lève le pouce vers le haut.

La Mémé est contente.

Puis je pars faire mon tour avec Louis II. L'automne est déjà là et la forêt a pris des couleurs. Et on met 1-17.

Ou plutôt nous aurions mis 1-17 si, sur les quelques derniers mètres, il n'y avait pas eu une énorme limousine. Une Alfa Romeo, noire, vitres teintées, plaque d'immatriculation italienne, là, au beau milieu de la forêt. Mais ce n'est pas le plus extraordinaire.

Ce qui m'intrigue vraiment, c'est que la porte du chauffeur est ouverte et le coffre aussi. Bon, ça ce n'est peut-être pas encore si inhabituel. Le chauffeur est sans doute en train de pisser. Mais quand je repasse au bout de trois quarts d'heure, la situation est inchangée. Portes ouvertes, coffre ouvert aussi et personne aux alentours.

Aucun homme ne pisse aussi longtemps.

Même avec la meilleure volonté du monde !

Mais ça, c'est encore une autre histoire.

Extraits du livre de recettes de la Mémé (1937)

Quenelles de pommes de terre (préparation été comme hiver)

Faire tremper 150 grammes de pain* coupé en tranches fines dans un peu de lait. Éplucher 600 grammes de pommes de terre crues, bien les laver puis les râper. Bien les sécher ensuite dans un torchon propre et blanc, y ajouter ensuite un œuf et un peu de sel. Incorporer à ce mélange le pain trempé et bien malaxer. Mouiller ses mains pour former les quenelles qui seront ensuite plongées dans l'eau bouillante. Faire cuire une demi-heure à petit feu.

Les quantités indiquées sont bien sûr plutôt pour une petite famille. Pour nous, la Mémé les double largement. Quand le vieux lèche-cul se pointe dans nos lieux sacro-saints, les quantités sont même triplées. Alors la Mémé pétrit toute la matinée des quenelles, à en avoir le tournis.

Nb : Le Semmel (= petit pain) est à la Bavière ce que la baguette est à la France mais vous pouvez comme dans toute farce utiliser des restes de pain ou pain de mie.

Les quenelles de pomme de terre sont l'accompagnement de nombreux plats en Allemagne et en Autriche, parfois sous d'autres noms. Elles peuvent aussi avoir la forme de boulettes et sont accompagnées de sauce et de viande. De nombreuses variantes existent.

*

* *

Palets de viande

Pour réaliser cette recette, il vous faut 250 grammes de viande de bœuf ou de veau et 250 grammes de viande de porc, fraîchement hachée. Puis on laisse 60 grammes de mie de pain infuser dans du lait, on y ajoute un zeste de citron, du persil finement haché, des oignons ainsi que du sel, du poivre et de la noix de muscade, un ou deux œufs et on mélange le tout à la viande. Puis, à mains mouillées, on forme des quenelles que l'on aplatit. Les palets sont ensuite dorés au beurre sur les deux faces, à feu vif, et servis quand ils ont une belle couleur brune.

Si un certain M. McDonald goûtait les palets de viande de la Mémé, il fermerait tout de suite toutes ses filiales. Dans le monde entier. Rien à ajouter.

*

* *

Strudel aux pommes

Mettre sur le plan de travail 200 grammes de farine, une noix de beurre, un œuf, un peu de sel et 3 à 4 cuillerées à soupe d'eau tiède. Bien travailler la pâte, jusqu'à ce qu'elle se détache des mains et de la planche à pâtisserie. Saupoudrer alors le plan de travail d'un peu de farine, mettre sur la pâte de l'eau chaude et couvrir l'ensemble d'un plat, puis laisser reposer une demi-heure à une heure. Étendre alors un torchon sur la table et le saupoudrer de farine. Mettre la pâte au milieu et commencer par la travailler au rouleau à pâtisserie. Puis la lever avec précaution des deux mains jusqu'à obtenir la consistance d'un papier fin. Enduire la pâte de beurre fondu (mais pas brûlant) et de crème fraîche. Garnir copieusement de raisins et de pommes coupées très finement ainsi que de sucre concassé. Lever alors le torchon des deux mains et d'un seul côté, laisser le Strudel se placer en plis pas trop serrés dans une cocotte où on aura préparé un mélange de lait, de sucre et de beurre. Y placer le Strudel, tel qu'il s'est enroulé. Enduire de beurre fondu et cuire jusqu'à obtention d'une couleur légèrement dorée.

Quand le Strudel sort du four encore fumant, la Mémé dit toujours : « Attends mon garçon, il est encore beaucoup trop chaud, tu vas te brûler la langue. » Mais le garçon n'attend pas parce que, tout simplement, il n'y tient plus. Et, bien sûr, il se brûle la langue. Et elle fait mal des jours durant. C'est pourquoi je ne tiens pas trop au strudel aux pommes. Même s'il est si délicieux.

*
* *

Oie rôtie

On achète les oies plumées et vidées. Veiller à ce qu'elles aient de courtes pattes et une peau fine et blanche. Après avoir coupé le cou et enlevé le gésier, bien laver l'oie à l'eau fraîche, plusieurs fois. Puis la sécher et l'assaisonner/la frotter à l'intérieur et à l'extérieur de sel, poivre et marjolaine. La mettre dans la cocotte/le plat à rôtir avec un peu d'eau et faire dorer lentement sur toutes les faces en arrosant copieusement. Recueillir la graisse qui sort en abondance avant qu'elle ne brunisse et verser à la place un peu de bouillon. L'oie dore quand on l'arrose à la fin de beurre. Une jeune volaille a besoin d'une heure et demie de cuisson pour être à point.

Et cette heure et demie, c'est l'enfer. Parce que, en effet, dès qu'il est au four, l'animal sent si bon (on le sent même jusque dans la porcherie) que l'on en a l'eau à la bouche. Et comme chez nous il n'y a de l'oie qu'à Noël ou à la fête patronale, c'est une infâme torture que d'attendre d'être enfin assis devant son assiette et de pouvoir attaquer.

*

* *

Cochon rôti

Frotter un jambonneau, une pointe ou un travers de sel et de poivre, voire d'ail et de cumin. Laisser la viande ainsi assaisonnée reposer quelques heures. Puis la mettre dans un plat à rôtir avec un peu d'eau, un oignon finement haché et un navet jaune ainsi que des croûtes de pain. Mettre le plat au four et arroser régulièrement. Si le morceau est cuit avec la couenne, mettre le côté peau au fond de la cocotte et quand il est tendre, le retourner. À l'aide d'un couteau pointu, entailler la couenne en carrés. Continuer la cuisson en arrosant copieusement d'eau ou de bière jusqu'à obtenir une viande dorée et craquante. Un jambonneau demande 2 à 3 heures de cuisson. Le bouillon est passé au chinois pour donner une sauce fine.

Si le morceau est cuit avec la couenne... comme si c'était un sujet à débattre.

Et l'histoire de la sauce fine n'est juste que si on arrose le rôti de bière. L'histoire de l'eau c'est du pipeau. Utilisez de préférence de la bière brune. La sauce sera alors noire et épicée. Pour rôtir des pommes de terre, il en va différemment. Là, on peut arroser généreusement d'eau parce qu'on a besoin de beaucoup de liquide pour la cuisson pour que les pommes de terre soient bien imbibées. En les arrosant à la bière, je crois que l'on serait plutôt pompette.

*

* *

Choucroute à l'étouffée

Faire blondir des oignons finement hachés dans du beurre ou dans des petits dés de lard, ajouter la choucroute et laisser étuver au moins deux heures et demie. Si nécessaire ajouter bouillon ou vin et faire mijoter. Il est préférable de cuisiner le chou la veille et de le remettre à cuire à feu doux avant de le servir. Selon vos goûts vous pouvez saupoudrer le chou d'une cuillérée de farine un quart d'heure avant de dresser votre plat, l'arroser d'un bouillon de viande et faire cuire jusqu'à évaporation. Il est aussi possible de faire cuire avec le chou de la viande de porc crue, fraîche ou fumée. À vous de déterminer les quantités.

Chez nous, on sert la choucroute avec toutes sortes de plats. Elle est délicieuse par exemple avec des saucisses grillées. Mais c'est avec le rôti de porc qu'elle est la meilleure. Parce que là... là on fait d'une pierre deux coups. L'association est tout simplement à en tomber par terre et en plus le chou donne de la légèreté au rôti. Simple point de vue technico-digestif. Tu vois ce que je veux dire...

Glossaire

6 janvier – fête des Rois : jour férié en Bavière. D'après la coutume, des enfants de la commune déguisés en Rois mages passent de maison en maison apporter la bénédiction avec des chants ou des poèmes, recueillent des dons et écrivent à la craie au-dessus de la porte, par exemple en 2016 : 20 – C – M – B – 16, pour l'année et C, M, B pour les prénoms des Rois mages ou *Christus mansionem benedicat* (que Christ bénisse cette maison).

Arschlecker : lèche-cul.

Bauhaus : fournisseur spécialisé en construction et rénovation, pour l'atelier, la maison et le jardin.

Bofrost : entreprise de produits surgelés livrés à domicile.

Chapiteaux à bière : lors de fêtes, comme la fête de la Bière à Munich (*Oktoberfest*), les brasseries dressent de grandes tentes avec tables et bancs pour accueillir leurs clients.

Chiemsee : le plus grand lac de Bavière, quatre-vingts kilomètres carrés, à quatre-vingt-dix kilomètres au sud-est de Munich et soixante-six kilomètres à l'ouest de Salzburg.

Deichmann : chaîne de magasins de chaussures.

Frauenstammtisch : table d'une auberge ou d'un restaurant réservée aux habitués, ici aux femmes, et signalée par une petite pancarte ou un symbole.

Gletscher : marque de tabac à priser de la firme Pöschl Tabak fondée en 1902 à Landshut, qui dit être le plus grand fabricant au monde de tabac à priser.

Hertie : chaîne de grands magasins.

Heesters Johannes : acteur et chanteur néerlandais né en 1903 qui vivait en Allemagne depuis 1936, décédé à 108 ans en 2011. Il donnait encore un spectacle en février 2008, ce qui lui valut une mention dans le *Guinness des records* comme le plus vieil artiste vivant.

K&L : chaîne de magasins de vêtements, présente surtout dans le sud de l'Allemagne.

Karstadt : chaîne de grands magasins, présente dans toute l'Allemagne de l'Ouest.

Kuemmerling : marque de liqueur aigre-douce à base d'herbes, fondée dans les années 1920.

Lamperl : agneau (Allemagne du sud et Autriche).

Mainau : petite île sur le lac de Constance, dans sa partie nord-ouest. Lieu touristique connu pour ses parcs et jardins et appelé « l'île aux fleurs ».

Oberstirnbandführer : jeu de mots dérivé d'*Obersturmbannführer* (grade paramilitaire utilisé par la SA et la SS), avec *Stirnband* (bandana) et *Führer* (chef).

Obi : chaîne de distribution spécialisée dans le bricolage, le jardin et la construction, pour professionnels et amateurs.

Ohu : centrale nucléaire sur l'Isar à quatorze kilomètres de Landshut.

Palatschinken : sorte de crêpe fine que l'on trouve dans tous les anciens territoires de l'Autriche-Hongrie.

Plomb coulé : en Allemagne, une des traditions du 31 décembre au soir est, en famille ou entre amis, de faire fondre du plomb à la bougie dans une cuillère, de la verser dans de l'eau froide et d'imaginer ce que sera la nouvelle année à partir des formes obtenues.

Praktiker : entreprise allemande de distribution de produits de bricolage.

Schlecker : entreprise allemande de distribution (droguerie, cosmétiques, parapharmacie) implantée dans toute l'Europe, qui a fait faillite en 2012.

Semmel : petit pain.

Stollen : brioche allemande au massepain (pâte d'amandes), gâteau traditionnel de Noël (originaire de Dresde).

12186

Composition
PCA

Achevé d'imprimer en Slovaquie
par NOVOPRINT SLK
le 5 mars 2019.

Dépôt légal juillet 2018.
EAN 9782290154557
L21EPNN000425A002

ÉDITIONS J'AI LU
87, quai Panhard-et-Levassor, 75013 Paris

Diffusion France et étranger : Flammarion